双葉文庫

はぐれ長屋の用心棒

# 烈火の剣

鳥羽亮

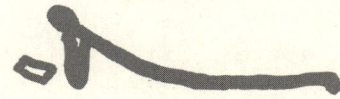

# 目次

この作品は双葉文庫のために書き下ろされました。

# 烈火の剣　はぐれ長屋の用心棒

# 第一章　手跡指南

## 一

「そ、その手は、まっ……」

菅井《すがい》紋太夫《もんだゆう》は、待ってくれ、と言いかけ、思わず言葉を呑んだ。相手が山本秋《やまもとあき》太郎《たろう》では、待ってくれ、と言えなかったのである。

菅井は伝兵衛《でんべえ》店《だな》の華町《はなまち》源九郎《げんくろう》の部屋で、同じ長屋に住む山本と将棋を指していた。

山本が、金を王の前に打ったのだ。王手飛車取りの妙手である。飛車を取られれば、形勢は一気に山本にかたむくだろう。

「さア、どう指しますか」

山本が涼しい顔で言った。

山本は三十がらみ、牢人だった。半年ほど前に、倅の松之助《まつのすけ》とふたりで、伝兵衛店に越してきたのだ。

山本は面長で目鼻立ちのととのった端整な顔をし、口許に優しげな微笑を浮かべていた。穏やかな人柄だが、顔にはいつも憂《うれ》いの翳《かげ》が張り付いていた。何か心配ごとがあるのかもしれない。

着古した小袖によれよれの袴、小袖の両肩には継ぎ当てがあった。無精髭と月代《さかやき》も伸びている。尾羽打ち枯らした貧乏牢人といった感じである。

「うむ……」

菅井は低い唸《うな》り声を上げ、将棋盤を睨むように見すえている。

菅井は五十がらみ、総髪が肩まで伸びている。瘦身で、肉をえぐりとったように頰がこけ、顎がとがっていた。肌が浅黒く、唇が黒ずんでいた。貧乏神や死神を連想させるような陰気な顔付きをしている。その顔が紅潮して赭黒《あかぐろ》く染まり、目がつり上がっていた。よけい、不気味な顔に見える。

菅井は貧相で貧乏牢人そのままの風貌だが、田宮流《たみやりゆう》居合《いあい》の遣い手だった。天気のいい日は、両国広小路《ひろこうじ》で居合抜きを観せて口を糊《のり》していた。

今日は朝から小雨だったので、菅井は将棋盤をかかえて源九郎の部屋にやってきたのだ。菅井は無類の将棋好きで、風雨のために居合抜きの見世物に出られないときは、きまって将棋盤と駒を持って源九郎の部屋にやって来る。

ちょうど、菅井が源九郎を相手に一局指し終えたとき、山本が戸口の腰高障子から顔を覗かせ、

「やってますね」

と声をかけ、座敷に上がってきたのだ。

源九郎は菅井との勝負に勝っていたこともあり、「山本どの、やるか」と声をかけると、

「それでは、一局だけ」

と山本が言って、菅井と指し始めたのだ。

山本は、将棋の名人だった。源九郎や菅井は、山本が飛車落ち角落ちでやっても、なかなか勝てない。

菅井も山本の将棋の腕を知っていたので、角落ちでやっていたのだが、形勢は山本にかたむいている。

「おれは、待ってくれ、などとは、言わんぞ。……待ってくれ、などと、将棋指

しの言ではないからな」

ええい、こうだ！　菅井は、王を横に動かした。

何のことはない。ただ、王を金から逃がしただけである。

「では、飛車をいただきます」

山本は目を細めて、金で飛車をとった。

「うむ……」

菅井は腕を組み、将棋盤を睨んでいる。また、顔が紅潮して赭黒く染まってきた。長考に入ったようだ。

ふたりの脇に胡座《あぐら》をかいて観戦していた源九郎は、

……考え込むような局面では、あるまい。

と思ったが、黙っていた。菅井の好きなようにやらせておけばいい。どうせ、この勝負は菅井の負けだ、と胸の内でつぶやいた。

源九郎は、還暦にちかい老齢だった。おまけに、貧乏長屋の独り暮らしである。源九郎の袷《あわせ》の肩にも、継ぎ当てがあった。襟元が垢《あか》で黒びかりしている。白髪混じりの鬢《びん》や髷《まげ》は乱れ、無精髭も伸びていた。胡座をかいた股間から、薄汚れた褌《ふんどし》が覗いている。源九郎も菅井や山本に負けない、うらぶれた貧乏牢人である。

　ただ、体は貧弱ではなかった。背丈は五尺七寸ほど。巨漢というほどではないが、大柄で、手足は太く、腰がどっしりしていた。いまでこそ、稽古はしていないが、武芸の修行で鍛えた体である。

　源九郎は五十石の微禄だったが、隠居して伝兵衛店に越してくるまでは、御家人だったのである。数年前、倅の俊之介《しゅんのすけ》が嫁をもらったのを機に、家督をゆずって家を出たのだ。狭い家のなかで、倅夫婦に気兼ねして暮らすのが嫌だったし、長年連れ添った妻が亡くなったこともあって、気儘《きまま》な独り暮らしがしたくなったのである。

　源九郎の生業《なりわい》は、独り暮らしの牢人お定まりの傘張りだが、それだけでは暮らしていけず、華町家からのわずかな合力に頼って細々と暮らしていた。

　伝兵衛店は、はぐれ長屋とも呼ばれていた。食いつめ牢人、その日暮らしの日《ひ》傭取《ようと》り、人の目をはばかって生きている家出人、その道から挫折した職人など、はぐれ者の住人が多かったからである。源九郎と菅井も、はぐれ者のひとりといっていい。

「……ならば、金とりだ」

菅井が声を上げて、金の前に歩を打った。

「ほう、そうきましたか」

山本は、すぐに金を下げた。口許に笑みが浮いている。

それで、金をとられることはなく、しかも歩を打ってくれたお蔭で菅井の角道をふさぐことができたのだ。だいぶ、形勢は山本にかたむいてきた。山本の勝利はまちがいないだろう。

「……………」

菅井は渋い顔をした。打つ手がないようだ。

そのとき、戸口に走り寄る足音がした。子供の声もした。何人もいるようだ。

「父上、父上！」

腰高障子の向こうで、子供の声がした。

「おお、松之助か。……いるぞ」

山本が戸口に顔をむけて言った。

すると、腰高障子があいて、男児《おとこのこ》が顔を出した。子供というより、十二、三歳の少年である。山本の倅の松之助だった。その松之助の後ろに、長屋の子供たちが何人も集まっていた。

六助《ろくすけ》、房七《ふさしち》、おきよ、お花《はな》、与吉《よきち》……。みんな長屋に住む子供たちだった。七、八歳の子が多いようだ。

「父上、手習いを始める刻限です」

松之助が言った。武家らしい言葉遣いである。

松之助はまだ元服前で、前髪が残っていた。ほっそりした体軀《たいく》だが、凜々《りり》しい顔付きである。

山本は長屋で、手跡指南所をひらいていたのだ。手跡指南所といっても、長屋のあいている部屋を借りて十人ほどの子供に読み書きを教えていただけである。

山本は長屋に越してきてから、松之助に手習いをさせていた。それを見た隣の家に住む八歳になる房七《ふさしち》が、母親のおよしと大工の手間賃稼ぎをしている弐吉《にきち》に、手習いをしたいとせがんだらしい。およしと弐吉は、当初「大工の倅が、読み書きなどできなくてもいい」と言って渋っていたが、悪戯《いたずら》をして遊び歩いているよりましだろう、と考えなおし、山本に話したらしい。

すると、山本は「いつでも、おいでなさい。ただし、読み書きだけですよ」と言って、束脩《そくしゅう》も取らずに、気安く教えてくれた。

これを知った十歳前後の子供のいる親たちが、こぞって山本の家へ行き、子供の手習いを頼んだのである。

山本はすぐに承知したが、場所に困った。はぐれ長屋には、手跡指南所へ通うような年齢の子供は十人ほどしかいなかったが、それでも六畳一間しかない山本の家に集めて、手習いを教えるわけには、いかなかった。

そこで、事情を知った子供の親たちが相談し、大家の伝兵衛に掛け合い、家賃を払って、あいたままになっている部屋を貸してもらうことにした。家賃は、子供の親たちが出し合うことになった。

また、子供の使う天神机と師匠の使う唐机は、長屋に住む大工や指物師が、無料で作ってくれた。

「雨では、ないのか」

山本が戸口に目をむけながら訊《き》いた。

はぐれ長屋の手跡指南所は、雨や雪の日は休みだったのである。

「雨は上がりました」

松之助が言うと、後ろにいる子供たちから「お師匠、雨はやんだぞ」「手習いをやらないのか」「はやく、やろっ」などという声が次々に起こった。

「そうか、そうか」

山本は目を細めて立ち上がり、

「菅井どの、すまんな。聞いたとおりだ。将棋は、また、後日ということで」

そう言い残し、山本は子供たちのいる戸口に出ていった。

菅井は、山本の姿が腰高障子の向こうに消えると、

「残念だ。後、五、六手で、勝っていたのに」

と言いざま、将棋盤の駒を掻《か》きまわしてしまった。
五、六手で詰んでいたのは、菅井ではないか、と源九郎は胸の内で思ったが、黙っていた。
「さて、こうなると、次の相手は華町だな」

菅井は、当然のような顔をして駒を並べ始めた。

二

……また、朝がきたか。

源九郎はつぶやくと、上体を起こし、体に掛けていた掻巻《かいまき》をひっぺ返した。

アアアッ、と声を上げて、背筋を伸ばしながら大欠伸《おおあくび》をした。それでも、まだ体に眠気が残っている。

昨夜、源九郎は菅井と一杯飲み、着替えるのが面倒なので、小袖のまま搔巻だけ体に掛けて眠ってしまったのだ。

……そろそろ、五ツ（午前八時）かな。

源九郎は、戸口の腰高障子に目をやった。

黄ばんだ障子に秋の陽が映じ、白くかがやいていた。長屋は、いつもの朝の喧騒につつまれていた。子供の笑い声、亭主の怒鳴り声、赤子の泣き声、母親の子供を呼ぶ声などが、あちこちから聞こえてくる。

「さて、顔でも洗ってくるか」

源九郎は小袖の裾をたたいて皺《しわ》を伸ばすと、土間へ下りた。手ぬぐいを肩にひっ掛け、流し場の小桶を手にすると、井戸端へむかった。とりあえず、顔を洗ってこようと思ったのである。

井戸端にお熊《くま》とおよしがいた。ふたりは、足元に手桶を置いて話し込んでいた。水汲みに来て顔を合わせ、おしゃべりを始めたらしい。

お熊は四十過ぎだが、子供がいなかった。でっぷり太り、肌が浅黒く、頰や顎の肉がたるんでいた。助造《すけぞう》という日傭取りの女房で、源九郎の斜向《はす》かいの家に住んでいる。その名のとおり、熊のような大女でがさつだが、心根はやさしく面倒見がよかった。それで、長屋の者たちには好かれている。

お熊は、源九郎が老齢の鰥《やもめ》暮《ぐ》らしということもあって、ことのほか親切だった。多めに炊いためしや総菜などを持ってきてくれたり、ときには水汲みなどもしてくれた。

「旦那、起きたばかりかい」

お熊が、口許に薄笑いを浮かべて言った。

「ああ、寝過ぎてな。……ふたりで、何をしていたのだ？」

源九郎は、釣瓶《つるべ》を手にしながら訊いた。

「手習いの師匠のことを話してたんですよ」

およしが言った。手習いの師匠とは、山本のことである。長屋の住人は、山本を手習いの師匠とか、お師匠と呼ぶ者が多かった。

「どんなことを話してたんだ？」

源九郎が、気乗りのしない声で訊いた。お熊やおよしの噂話など、どうでもよかったのである。

「あたしらも、読み書きを習おうかって――」

お熊がそう言い、およしと顔を見合わせて笑った。

「いまさら、読み書きを習ってどうするのだ」

源九郎は、釣瓶の水を小桶に移した。

「だって、旦那、長屋の子供たちが、みんな読み書きができるようになったら、あたしら、子供たちに馬鹿にされるよ」

およしが身を乗り出すようにして言った。

「そんなことはあるまい。読み書きができても、銭が稼げるわけではないからな。……わしも、菅井も読み書きはできるぞ。……だが、おまえたちの亭主のように銭は稼げん」

「それも、そうだね」

お熊とおよしは、源九郎のうらぶれた格好を見ながらニヤッと笑った。

「読み書きより、亭主に旨い物でも食わせてやれ」

「亭主はどうでもいいけどさ。……いまさら、読み書きを習うこともないか」

お熊が言い、およしと顔を見合わせてうなずき合った。

源九郎が小桶の水で顔を洗い、手ぬぐいで拭いたときだった。

路地木戸の方から慌ただしそうな足音が聞こえた。見ると、茂次《しげじ》が慌てた様子で走ってくる。

茂次も、はぐれ長屋の住人だった。茂次は研師《とぎし》である。裏路地や長屋をまわり、包丁、鋏《はさみ》、剃刀《かみそり》などを研ぎ、鋸《のこぎり》の目立てなどをして暮らしていた。茂次は三十がらみでお梅《うめ》という女房がいたが、まだ子供はいなかった。

「だ、旦那、大変《てえへん》だ！」

茂次が声をつまらせて言った。

「どうした？」

源九郎が訊いた。

「お師匠と倅が、あぶねえ！」

山本と倅の松之助に何かあったらしい。

「どこだ」

「一ツ目橋の近くで、襲われていやす」

茂次が、口早にしゃべったことによると、山本と倅の松之助が、三人の武士にかこまれて刀をむけられているという。

一ツ目橋というのは、竪川《たてかわ》にかかる橋だった。はぐれ長屋は、本所相生町《あいおいちよう》一丁目にあり、一ツ目橋はすぐである。

「茂次、菅井に知らせろ！」

相手が三人では、菅井の腕も借りねばならない。

「へい！」

「おれは、すぐ行く」

言いざま、源九郎は自分の家にとって返し、刀をひっ掴《つか》むと、路地木戸へと走った。

井戸端に、お熊とおよしが青ざめた顔をして立っていたが、飛び出していく源九郎の姿を見ると、

「あたしらも行くよ」

と声を上げ、下駄《げた》を鳴らして追ってきた。一ツ目橋まで、様子を見に行くつもりらしい。

竪川沿いの通りまで来ると、一ツ目橋の近くで斬り合っている男たちが見えた。五人だった。いずれも武士である。山本と松之助が、三人の武士に襲われている。

甲走った気合がひびき、人影が交差し、刀身が陽射しを反射《はね》て、キラッ、キラッ、とひかった。

大勢の野次馬が集まり、その斬り合いを遠くから見つめていた。通りすがりの

者や近所の住人たちらしい。

山本と松之助は、川岸近くに追いつめられていた。山本が、松之助を守るように前に立ち、三人の武士に切っ先をむけている。

……なかなかの構えだ！

源九郎は走りながら、山本の構えを目にした。腰の据わった隙のない構えである。

山本は遣い手らしい。ただ、相手の三人も遣い手のようで、山本と松之助は追いつめられていた。山本は敵刃を浴びたらしく、着物の肩先が裂けていた。松之助の右袖も裂けて垂れ下がっている。

源九郎は人だかりのそばまで行くと、

「ま、前を、あけてくれ！」

喘《あえ》ぎながら言った。

すると、人だかりのなかで、「華町の旦那だ！」「助けに来たぞ！」「お師匠を助けてやって！」などという声が飛んだ。どうやら、人だかりのなかに、はぐれ長屋の住人がいるらしい。

「ま、待て！」

源九郎は、喘ぎ声を上げ、よたよたしながら川岸近くにいる山本父子《おやこ》のそばに駆け寄った。

三

「なんだ、この男は！」

山本と対峙《たいじ》していた大柄な武士が、驚いたような顔をして源九郎を見た。

三十代半ばであろうか。眉が濃く、眼光の鋭い男だった。胸が厚く、腰がどっしりと据わっている。武芸の修行で鍛えた体であることはすぐに分かった。

「か、刀を引け……」

源九郎は、ゼイゼイと喘ぎながら言った。

歳のせいか、源九郎は走るとすぐに息が上がり、胸が苦しくなる。

「何者だ！」

大柄な武士が、鋭い声で誰何《すいか》した。

「わ、わしは、山本どのと、同じ長屋に住む者だ。じ、事情は知らぬが、双方とも刀を引かれい」

源九郎が、声をつまらせて言った。

「事情を知らぬなら、よけいな手出しはせぬことだ。……下がっていろ！」

大柄な武士が恫喝《どうかつ》するように語気を荒らげた。

「み、見過ごすことはできん」

源九郎の息はいくぶん静まってきたが、胸の鼓動はまだ大きかった。

「邪魔立ていたす気か。……命はないぞ」

大柄な武士がそう声を上げると、左手にいた中背の武士が、

「こやつは、それがしが──」

と言って、源九郎の前にまわり込んできた。

中背の武士は、青眼に構えた切っ先を源九郎にむけた。この男も遣い手らしかったが、大柄な武士ほどではないようだ。隙のない構えだったが、やや腰が高かった。ただ、顔には余裕があった。源九郎がみすぼらしい年寄りとみて侮《あなど》ったようだ。

「やるしかないようだな」

源九郎は刀を抜き、青眼に構えた。

隙のない構えで腰が据わり、切っ先がピタリと中背の武士の目線につけられている。

中背の武士の顔に、驚愕《きょうがく》の表情が浮いた。みすぼらしい年寄りが、これほどの遣い手とは思わなかったのだろう。

源九郎は鏡新明智流《きょうしんめいちりゅう》の遣い手だった。

この流は、桃井八郎《もものいはちろう》がひらいたもので、安永二年《あんえい》（一七七三）に日本橋茅場《かやば》町《ちょう》に士学館《しがくかん》と称する道場をひらいて多くの門人を集めた。

源九郎が士学館に入門したのは、三代目桃井春蔵直正《しゅんぞうなおまさ》が道場主だったころで、源九郎は十一歳だった。

源九郎は剣の天稟《てんぴん》があり、稽古も熱心だったのでめきめき腕を上げ、士学館でも俊英と謳《うた》われるほどになったが、二十五歳のときにつまずいた。師匠のすすめる旗本の娘との縁談を断ったため、師匠の覚えが悪くなり、何となく道場に居辛くなったのである。そうしたおり、父親が病で倒れたため、源九郎が家督を継ぎ、それを機に道場をやめてしまった。ただ、胸の内には剣を極めたいという気持ちもあり、自己流で稽古をつづけた。だが、そうした気持ちも歳とともに失《う》せ、四十を過ぎたころには自堕落な暮らしをつづけるようになり、いまに至っている。

「さア、こい！」

源九郎は、中背の武士に切っ先をむけたまま間合をつめ始めた。

そのときだった。人だかりの後方で、「どいてくれ！」という茂次の声がひびき、つづいて「菅井の旦那だ！」「居合抜きの旦那だ！」という声が上がった。茂次と菅井が駆けつけたらしい。

見ると、菅井たちの後ろからお熊とおよしが、顎を突き出し、よろよろしながら走ってくる。

「前をあけろ！」

菅井が人だかりのなかを抜け、山本と対峙している大柄な武士の背後に迫った。

左手で刀の鯉口を切り、右手を柄《つか》に添えていた。すこし腰を沈め、前屈みの格好になっている。居合の抜刀体勢をとっていたのだ。

大柄な武士は背後から迫る菅井の気配を察知したらしく、慌てて反転し、だれもいない左手にまわった。

「なにやつ！」

大柄な武士が、鋭い声で誰何した。

かまわず、菅井は大柄な武士を睨むように見すえて迫っていく。菅井の身辺に、異様な殺気があった。獲物に迫っていく餓狼《がろう》のようである。

大柄な武士は、すばやく切っ先を菅井にむけた後、八相に構えた。両肘を高くとり、刀身を垂直に立てていた。大きな構えで、上から被《かぶ》さってくるような威圧感があった。

だが、菅井は寄り身をとめなかった。居合の抜刀の体勢をとったまま、大柄な武士に迫った。

抜刀の間境に踏み込むや否や、菅井の全身に斬撃の気がはしった。

ふいに、菅井の体が沈んだように見えた瞬間、シャッ、という刀身の鞘走る音がし、鍔元《つばもと》から閃光《せんこう》がはしった。

横一文字に——。電光のような居合の抜きつけの一刀だった。

瞬間、大柄な武士は身を引いた。すばやい反応だったが、居合の神速の一刀にわずかに遅れた。

ザクッ、と着物の横腹のあたりが裂けた。武士は、大きく背後に跳んで、ふたたび八相に構えた。俊敏な体捌《たいさば》きである。

菅井の動きも迅《はや》かった。抜刀した刀身を、武士が青眼に構える前に鞘に納めていた。居合は抜く迅さだけでなく、納刀の迅さも腕のうちである。

武士は着物を裂かれただけだった。武士の八相の構えには、まったく崩れがなかった。

……こやつ、手練《てだれ》だ！

と、菅井は察知した。

菅井の居合の一刀に着物を切られただけだった。しかも、武士には菅井の居合に対する恐れがないようだった。それだけ、腕に自信があるのだろう。

そのときだった。中背の武士が叫び声を上げて、後じさった。肩から胸にかけて着物が裂け、血が流れ出ている。源九郎が袈裟《けさ》に斬り込んだ一颯《いっさつ》が、中背の武士をとらえたのである。

これを見た大柄な武士は、

「引け！　引け！」

と声を上げ、すばやく菅井から間合を取って反転した。

もうひとりのずんぐりした体軀の武士は、山本に切っ先をむけていたが、すぐに後じさり、間合があくと駆けだした。

中背の武士も、逃げるふたりにつづいた。すこし体が揺れていたが、逃げ足は速かった。源九郎の一撃を浴びたが、深い傷ではなかったようだ。

源九郎と菅井は逃げる三人を追わず、山本と松之助のそばに走り寄った。

「やられたのか」

すぐに、源九郎が山本と松之助に目をやって訊いた。

「い、いや、かすり傷だ」

山本が、声をつまらせて言った。顔がこわばり、肩で息をしている。

山本の右肩から出血していたが、深手ではないらしい。肩も腕も自在に動くようだ。

松之助は蒼ざめた顔で、体を顫《ふる》わせていた。恐怖と興奮が、まだ冷めないらしい。松之助も右腕を斬られていたが、かすり傷のようである。

「大事ないようだな」

源九郎はほっとして、手にした刀を鞘に納めた。

「か、かたじけない。……そこもとたちのお蔭で、助かった」

山本の声には、安堵《あんど》のひびきがあった。

だが、源九郎と菅井にむけられた目には、手習い師匠とはちがう剣客らしい鋭いひかりが宿っていた。真剣勝負の気の昂《たかぶ》りが、まだ残っているのだろう。

源九郎たちのそばに、はぐれ長屋の住人たちが集まってきた。どの顔にも、山本父子が助かった安堵と源九郎、菅井に対する驚嘆の色があった。

四

源九郎は山本の右肩に晒《さらし》を巻き終えると、

「これでよし」

と言って、山本から膝先を離した。

それほどの傷ではなかったので、山本は手当ての必要はないと言って拒んだが、念のために傷口を晒で縛っておいたのである。

一方、松之助はかすり傷だった。はぐれ長屋にもどったときは出血もとまっていたので、手当てはしなかった。

そこは、源九郎の家である。座敷に、源九郎、菅井、山本、松之助、それに茂次の姿があった。

「ところで、あやつら何者だ」

菅井が山本に訊いた。

「……そ、それがしも、何者か、分からんのだ」

山本は、狼狽《ろうばい》したように声をつまらせて言った。

「あやつらの顔を見たこともないのか」

菅井が驚いたような顔をした。

「そ、そうなのだ。川沿いの道で、いきなりわれらを襲ってきたのだ」

「妙だな」

菅井は、腑に落ちない顔をした。

……山本は、何か隠しているようだ。

と、源九郎も思った。

三人の武士は、あきらかに山本と松之助の命を狙って仕掛けてきたのだ。辻斬りや追剝《おいは》ぎの類いではないし、通りすがりに諍《いさか》いを起こして斬り合いになったのでもない。しかも、三人とも遣い手らしかった。なかでも、菅井と闘った大柄な武士は、尋常な腕ではないように見えた。

「あの三人、山本どのだけでなく、松之助の命も狙っていたようだぞ」

源九郎は、三人のうちのひとりが、松之助を斬る気で切っ先をむけていたのを目にしていた。

「……！」

山本の顔が困惑したようにゆがんだ。

傍らに座している松之助は、蒼ざめた顔で視線を膝先に落としている。

「あの三人、牢人でないことは確かだ。わしの見たところ、幕臣でもないようだが……。となると、大名家の家臣ということになるな」

源九郎が、幕臣ではないとみたのは勘だった。三人の様子から、何となくそう感じ取ったのである。

「そうらしいな」

山本は否定しなかった。

「ところで、山本どのは長く江戸にお住まいか」

源九郎が訊いた。

実は、源九郎も長屋の住人たちも、山本父子のことは、あまり知らなかった。山本父子は半年ほど前、突然長屋にあらわれ、その後、ふたりで住むようになったのである。

大家の伝兵衛の話によると、山本は牢人で、長屋にくる前は手跡指南所の手伝いをして口を糊していたという。また、妻は一年ほど前に病で亡くなり、山本が嫡男の松之助を育てているそうだ。

長屋に住むようになった山本父子は、質素でつつましい暮らしぶりだった。酒はむろんのこと、贅沢《ぜいたく》な食べ物は口にせず、衣類もひどく粗末な物だった。そして、暇があると山本は書見をしたり、長屋の裏の空き地で木刀の素振りなどをしていた。松之助には読み書きだけでなく、礼法を教え、四書の素読などもさせているようだった。

道楽といえば、源九郎の家に来て茶を飲みながら菅井や源九郎を相手に将棋を指すぐらいである。

そのような暮らしをつづけるかたわら、房七に読み書きを教えるようになり、長屋の親たちに懇願されて手跡指南所をひらくことになったのだ。

「まァ、長いといえば長いが……」

山本は口ごもった。

「山本どのは、どこから越してきたのだ」

さらに、源九郎が訊いた。

「そ、それは、ご容赦くだされ」

山本が当惑したような顔をした。

「いや、こちらがいらぬことを訊いたようだ。この長屋のいいところは、他人のことを詮索《せんさく》しないところでな。……気を悪くしたら、勘弁してくれ」

源九郎が謝った。はぐれ長屋の住人のなかには、暗い過去を持つ者や人には言えない過《あやま》ちを犯した者もいる。しゃべりたくない者の過去を訊かずに、受け入れてくれるのがはぐれ長屋のいいところでもある。

山本と松之助は並んで座し、黙したまま視線を膝先に落としていた。

次に口をひらく者がなく、座敷が重苦しい沈黙につつまれたとき、

「わしが、山本どのにあれこれ訊いたのは、気になることがあるからなのだ」

と、源九郎があらためて言った。

「気になるとは？」

山本が顔を上げて、源九郎を見た。

「ふたりを襲った三人の武士のことだが、これで済んだとは思えんのだ」

「……！」

「三人は、これからも山本どののたちの命を狙って、何か仕掛けてくるのではないかな」

源九郎が言うと、山本がハッとしたような顔をした。松之助も顔を上げて、源九郎に目をむけた。

「しかも、三人は、山本どのがこの長屋に住んでいることを知ったかもしれん。そうなると、長屋に踏み込んでくる恐れがある」

源九郎は、三人の武士が山本父子の命を狙っているなら、助けに入った源九郎や菅井のことを一ツ目橋の近くの住人に訊き、山本父子がはぐれ長屋で暮らしていることを知るだろうと思った。

「……そうかもしれん」

山本の顔に濃い憂慮の翳が浮いた。

「相手が何者か分かれば、こちらとしても打つ手があると思ってな。それで、訊いてみたのだ」

源九郎が言った。

すると、山本がけわしい顔で源九郎を見つめ、

「実は、われらには子細があり、身を隠すためにこの長屋に越してきたのでござる。……華町どののご推察のとおり、われらは命を狙われております。……ですが、長屋の者たちに手を出すようなことはないはず、もうしばらく何も訊かずにここに住まわせておいてはもらえまいか」

と、訴えるような口調で言った。

「分かった。これ以上、わしからは訊くまい。……だが、わしらが必要なときは、いつでも声をかけてくれ」

源九郎が言うと、そばにいた菅井も、

「将棋の師匠を、おろそかにできんからな」

と、まじめな顔をして言った。

「かたじけのうござる」

山本が低頭すると、松之助もいっしょに頭を下げた。

五

山本父子が、竪川沿いの道で襲われた五日後、三人の武士がはぐれ長屋に姿を見せた。そして、三人は山本の家に立ち寄った後、源九郎の許に山本をともなって訪れた。

三人の武士は、いずれも羽織袴姿で二刀を帯びていた。幕臣ではないようなので、大名家の家臣であろう。

ちょうど、源九郎が菅井と将棋を指しているときだった。この日は、朝から雨だった。昼前には上がったが、ふたりはやることがなかったので、将棋をつづけていたのである。

「ともかく、上がってくだされ」

源九郎は、土間に立ったまま話をすることもできなかったので、山本と三人の武士を座敷に上げた。

四人は座敷に膝を折ると、

「それがし、出羽国垣崎藩《でわのくにかきざきはん》の家臣、平井勘右衛門《ひらいかんえもん》にござる」

まず、五十がらみの恰幅《かっぷく》のいい武士が名乗った。

身分は口にしなかったが、羽織袴は上物で、立ち居振る舞いにも重臣らしい雰囲気があった。おそらく、垣崎藩の要職にある者であろう。

源九郎は垣崎藩を知っていた。もっとも、出羽国にある七万五千石の外様大名ということだけで、藩主の名も覚えていなかった。

つづいて、他のふたりも名乗った。やはり、垣崎藩士の島倉新之助《しまくらしんのすけ》と京塚弥之助《きょうづかやのすけ》だという。島倉が三十代半ば、京塚は二十代半ばに見えた。ふたりとも身分を口にしなかった。ただ、ふたりの身装《みなり》や大小の拵《こしら》えからみて、島倉は平井に次ぐ立場で、京塚は平井より軽格らしいことが分かった。

「山本父子の危ういところを助けていただいたそうで、まずもって、華町どのと菅井どのにお礼を申し上げる」

平井が源九郎と菅井に礼を言うと、山本、島倉、京塚の三人が、恭《うやうや》しく頭を下げた。

「すると、山本どのは、垣崎藩のご家中の方でござるか」

源九郎が訊いた。そうでなければ、垣崎藩の家臣が、山本のために長屋を訪ねてくることはないだろう。

「そうだが、これには、色々事情がござって……。そのときが来れば、子細をお話しいたすが、いまは、まだ、ご容赦いただけようか」

平井は、困ったような顔をして言い渋った。

「では、訊かずにおきましょう」

「実は、華町どのと菅井どのに願いの筋がござって」

平井が、声をあらためて言った。

「願いとは？」

「山本父子は、これからも命を狙われるとみている。華町どのからも、指摘があったそうだが、この長屋に踏み込んでくるやもしれぬ」

平井は、山本父子と呼び捨てにした。やはり、山本より身分は上らしい。

「それで？」

源九郎が話の先をうながした。

「山本から聞いたのだが、華町どのと菅井どのは剣の達者《たつしゃ》で、山本たちを襲った三人を難なく撃退されたとか。それで、これからもおふたりに山本父子の力になってもらいたいと愚考した次第だが、いかがでござろう」

平井が、源九郎と菅井に目をむけて言った。

「力になれとは？」

「また、山本父子を襲う者があらわれたら、ふたりを守ってもらいたいのだ」

「守れと言われても……。いつも、ふたりのそばにいることはできぬし……」

源九郎が戸惑うような顔をして言うと、

「平井どの、相手が何者かも分からず、身を守れと言われてもやりようがないぞ。いつも同じ家で寝泊まりしていて、将棋でも指して暮らしているのなら別だがな」

菅井が、もっともらしい顔をして言った。菅井の話は、すぐに将棋とつながるようだ。

「ふたりの言うことは、もっともだな」

平井は、いっとき虚空に目をむけていたが、ひとつちいさくうなずくと、

「藩の恥になるし、相手がはっきりしないので事情は隠しておくつもりだったが、差し障りないことは、おふたりに話しておこう」

そう前置きして、話しだした。

四年前、垣崎藩の領内で、松之助の父、山本佐之助《さのすけ》が下城のおりに何者かに待ち伏せされて斬殺された。その後、父の敵を討つために、山本と松之助がひそかに出府した。それというのも、佐之助を斬殺した者は国許を出奔した後、江戸に出たという知らせがあったからだという。

平井がそこまで話したとき、

「ま、待て」

と言って、菅井が話をとめ、

「平井どのは、松之助の父が殺されたと言われたが、父はここにいるではないか」

驚いたような顔をして、座っている山本に目をやった。

すると、山本が顔を苦渋にゆがめて、

「実は、それがし、松之助の父親の山本佐之助の弟なのです」

と言い、菅井と源九郎に目をやり、「欺いてしまい、すまぬことをした」と小声で言い添えた。

「ど、どうして、そのようなことを」

源九郎も驚いた。初めてふたりに会ったときから、父子《おやこ》と信じて疑わなかったのだ。顔付きもなんとなく似ていたし、話しぶりも父子のものだった。

「これには、子細がありまして……。当時、松之助は八つでした。とても、父の敵を討つことはできない。それで、弟のそれがしが、松之助とともに敵を討つために出府したのでござる」

山本が言った。

「それは分かるが、なにゆえ、父子ということに」

さらに、菅井が訊いた。

「われらは、敵に出府したことが知れぬように江戸市中に身を隠すことにした。そのさい、敵の目を欺くために父子ということにしたわけです。叔父と甥のふたりで暮らしていれば、だれでも不審に思い、境遇を問うでしょう。……家中の者にも、兄の敵討ちのために、国許から出府したことを知られぬようにしたのでござる」

「家中の者に知れては、まずいのか」

今度は、源九郎が訊いた。

「実は、まだ敵の名もはっきりしていないのだ。兄が殺された後、三人の藩士が出奔して江戸に出たことは分かっているが、その三人のうちだれが兄を殺したかが分からない。そうした状況のため、まだ、藩から敵討ちの許しも得ていないのです」

「うむ……」

源九郎は、山本父子が難しい状況に置かれていることは理解できた。

「それで、敵討ちと知れぬように父子ということにし、この長屋に住まわせてもらっていたのだ」

「ところで、山本佐之助どのを斬ったのは、ひとりなのか」

源九郎が、念を押すように訊いた。

「まちがいなく、ひとりのようだ」

山本によると、佐之助が下城時に斬殺されたのを見ていた者がいたという。

その者の話によると、佐之助が通りかかったおり、樹陰に身を隠していた武士が、いきなり飛び出して斬りつけたそうだ。その者の身装から武士であることは分かったが、頭巾《ずきん》をかぶっていたので、顔は見えなかったという。

「うむ……」

源九郎が難しい顔をして口をつぐんだとき、

「それで、山本どのと松之助を襲った三人は、何者なのだ」

と、菅井がけわしい顔をして訊いた。

「ひとりは、国許から出奔した三人のうちのひとり、大内源之助《おおうちげんのすけ》でござる」

山本によると、大柄な武士が大内だという。

「他のふたりは？」

「それがしには、分からない。江戸にいる家中の者だと思うが……」

山本が小声で言った。

「すると、ふたりは出奔した三人とは別人か。……江戸の藩士のなかに、出奔した三人に味方する者がいるのか」

さらに、源九郎が訊いた。

味方するといっても、血筋の者や縁者がひそかに匿《かくま》うというような生易しいことではない。敵討ちのために出府した者を襲って、返り討ちにしようとしていたのだ。

「いるようだ、江戸には出奔した三人を守ろうとしている者たちが。……そやつらは、山本と松之助が出府したことを、国許からの連絡で知ったようで、返り討ちにするためにふたりを狙っているらしい。そうしたこともあって、山本と松之助は市中で身を隠していたのだ」

平井が眉を寄せて言った。

「それでは、どちらが敵討ちか、分からんではないか」

菅井が、渋い顔をした。

「どうやら、ただの敵討ちではないらしいが、佐之助どのはなにゆえ、斬られたのかな」

源九郎が訊いた。

「そ、それは……。藩内に騒動がござって……。華町どの、いずれ話すが、いまはご容赦いただけようか」

平井が困惑したような顔をした。

「分かりもうした」

源九郎は、その騒動がいまもつづいていて、出奔した大内たち三人もこの場にいる山本と松之助も、騒動の渦中にいるのだろうと推測した。

源九郎が口をつぐんだとき、

「どうであろう。山本と松之助に、力を貸していただけまいか。しばらくは、ふたりの身を守ってもらいたいのだが、ふたりと行動を共にしてくれとまでは言わぬ。せめて、長屋にいるときだけでも、ふたりの身を守ってもらえれば有り難いのだが——」

と、平井が声をあらためて言った。

「うむ……」

源九郎は、すぐに承知できなかった。平井の依頼は、敵討ちの助太刀というような生易しいことではなかった。相手が垣崎藩士らしいということしか分からない者たちから、山本父子の身を守れというのである。

「むろん、相応の礼はするつもりでいる」

そう言って、平井は懐から袱紗《ふくさ》包みを取り出すと、

「これは、ささやかでござるが、礼のつもりでござる」

と言って、源九郎と菅井の前に置いた。

袱紗包みの膨らみ具合からみて、切り餅なら四つ、百両ありそうだった。

源九郎が手を出さずにいると、

「よかろう。引き受けよう。どのような事情であれ、山本どのたちは、同じ長屋の住人だからな。……いまは、同じ家中の者といえないこともない」

菅井が手を出して、袱紗包みをつかんだ。

「しかたないな」

源九郎は、苦笑いを浮かべてうなずいた。

六

平井たちが長屋に来た翌日、源九郎は、長屋の仲間たちを本所松坂町《まつざかちょう》にある亀楽《きらく》という飲み屋に集めた。仲間というのは、はぐれ長屋に住む菅井、茂次、孫六《まごろく》、三太郎《さんたろう》、それに若い平太《へいた》である。

源九郎たち六人のことを、長屋の住人や界隈《かいわい》に住む者たちは、ひそかにはぐれ長屋の用心棒と呼んでいた。これまで、源九郎たちは無頼牢人に強請《ゆす》られた商家の用心棒に雇われたり、敵討ちの助太刀をしたり、勾引《かどわ》かされた娘を助け出して礼金を貰《もら》ったりしてきたからである。

亀楽は縄暖簾《なわのれん》を出した飲み屋で、あるじの名は元造《もとぞう》。おしずという手伝いに来ている女とふたりだけでやっている小体《こてい》な店である。おしずは平太の母親で、はぐれ長屋に住んでいた。

元造は寡黙な男で、源九郎たちが店でどんなに騒いでも、長《なが》っ尻《ちり》をしても文句を言わなかった。注文の酒と肴《さかな》を出すと板場に引っ込んでしまい、声をかけられるまで出てこないこともあった。それに、頼めば店を貸し切りにしてくれた。酒は安いし、好きなように飲めるので、源九郎たちは亀楽を馴染みにし、何かあると集まって相談したり、憂さ晴らしをしたりしていた。

源九郎たち六人は、土間に置かれた飯台を前にし、腰掛け代わりの空樽に腰を下ろしていた。

「ヘッヘヘ……。ありがてえ、今夜はゆっくり飲めそうだ」

孫六が目尻を下げて言った。

孫六は還暦を過ぎた年寄りだった。隠居して、はぐれ長屋に住む娘夫婦の世話になっている。隠居する前までは、本所、番場町《ばんばちよう》に住む腕利きの岡っ引きだったが、十年ほど前に、中風を患い、すこし足が不自由になって引退したのである。

孫六は無類の酒好きだったが、同居している娘夫婦に遠慮して家では飲まないようにしていた。ときおり、はぐれ長屋の仲間たちと亀楽で飲むのを楽しみにしていたのだ。

「わしから、みんなに話があるが、まず、一杯飲んでからだな」

源九郎はそう言って、脇に腰を下ろしていた孫六の猪口《ちょく》に酒をついでやった。

六人は酒を注ぎ合って猪口をかたむけていたが、源九郎が頃合を見計らって、

「酔わないうちに、話しておこう」

と、すこし声を大きくして切り出した。

「手習いの師匠のことですかい」

孫六が訊いた。すこし顔が赤くなり、目尻が下がっている。

「そうだ。すでに、知っている者もいるかと思うが、昨日、出羽国の垣崎藩の方が三人、長屋にみえたのだ」

源九郎は、平井、島倉、京塚の名を口にした。

「その三人の依頼だが――。それを話す前に、山本どのと松之助が、一ツ目橋の近くで三人の武士に襲われたのは、知っているかな」

源九郎が、孫六、三太郎、平太の三人に目をやって訊いた。

「知ってやすぜ」

平太が声を上げた。孫六と三太郎もうなずいた。むろん、茂次も知っている。

「実は、山本どのと松之助は、垣崎藩の者なのだ」

源九郎は、藩士とも家臣とも言わなかった。まだ、山本も松之助も、家臣とは言えないのではあるまいか。

「あっしも、山本の旦那は、華町の旦那や菅井の旦那とちがって、牢人じゃァねえとみてたんでさァ。なにせ、山本の旦那は品《ひん》がいい」

孫六が言った。

「おれたちは、品が悪いというのか」

菅井が渋い顔をして言った。

「そうじゃァねえが、山本の旦那はなんてったって、手跡指南所のお師匠だからな」

孫六が手酌で酒を注ぎながら言った。すでに、酒がまわっているようだ。

「よけいなことは言わんでいい。話をする前に、おまえたちにもうひとつ言っておくがな。実は、山本どのと松之助のことだが……」

源九郎は、急に声をひそめた。

「ふたりは、父子《おやこ》ではないのだ」

源九郎は、すでに大内たち三人に山本と松之助の所在は知れているらしいので、これ以上隠しておくことはないような気がしていた。

「父子じゃァねえって、そんな馬鹿なこたァねえ」

孫六は信じないようだった。薄笑いを浮かべている。源九郎が嘘を言ったと思ったらしい。

「嘘ではないぞ。叔父と甥だ。ふたりは、殺された松之助の父親の敵を討つため、父子のふりをして、長屋に身を隠していたのだ」

「ほんとですかい」

茂次が驚いたような顔をして訊いた。

三太郎と平太も驚いたらしく、手にした箸をとめたまま目を剝《む》いている。

「身を隠すために、そうしていたのだ。いいか、このことは今度の事件の片が付くまで、だれにも話すなよ。……女房子供にもだぞ」

源九郎は、一応口止めをしておいた。いずれ、知れるだろうが、長屋の騒ぎが大きくならないようにしたのである。

「へえ、父子じゃァねえのか」

孫六が、すこし遅れて驚いたような顔をした。

「それでな、平井さまたちの話では、敵の一味が山本どのと松之助の命を狙っているようなのだ」

相手がどのような立場の者かはっきりしなかったので、源九郎は敵の一味と口にしたのだ。

「返り討ちにしようってえんですかい」

茂次が訊いた。

「まァ、そうだ。……一ツ目橋の近くで、山本どのたちを狙ったのも、その一味らしい」

「それで、あっしらは、何をやりゃァいいんで」

「いまのところ、たいしたことはない。……垣崎藩の上屋敷が愛宕下にあるそうだから、噂話をそれとなく聞き込んでくれ。それに、長屋のまわりで、うろんな武士を見かけたら、わしか菅井に話してくれんか」

源九郎は、あえて山本と松之助の身を守ることは口にしなかった。相手が垣崎藩士では、茂次や孫六が闘うのは無理である。下手に相手に手向かうと、それこそ茂次たちが返り討ちに遭《あ》う。

それに、此度《こたび》の件は見えてないことが多かった。なぜ、山本佐之助は殺されたのか。出奔した三人は何者なのか。長屋に見えた平井たちは、どのような立場で、なぜ山本たちに味方するのか。そうした裏には、垣崎藩の騒動がからんでいるような気がしたが、どんな騒動なのかもまったくみえていない。それで、まず、垣崎藩の噂を集めてみようと思ったのだ。

「ヘッヘヘ……。それなら、できねえことはねえな。それで、お手当ては？」

孫六が猪口を手にしたまま目尻を下げて訊いた。

源九郎は袱紗包みを懐から取り出し、

「ここに、百両ある」

と言って、袱紗包みを飯台の上に置いた。

「ひゃ、百両！」

孫六が目を剝いた。

茂次や三太郎たちも、息を呑んで袱紗包みを見つめている。

すると、むっつりして源九郎たちのやり取りを聞いていた菅井が、

「おい、ひとり百両ではないぞ」

と言って、手にした猪口をかたむけた。

「わ、分かってるよ。みんなで分けるんだ」

孫六が声をつまらせて言った。

源九郎たちは、これまでも依頼金や礼金などを貰うと、六人で等分していたのだ。

「どうだ、ひとり十五両で——。十両残るが、それは、わしらの今後の飲み代ということにしたら」

源九郎が言った。これまでも、六人で等分できなかった場合、残りは飲み代としてとっておいたのだ。

「それがいい。それがいい。ヘッへへ……。十五両いただき、これから酒代を心配することもねえ。こんなありがてえことはねえや」

孫六が、嬉しそうに言った。

「では、分けるぞ」

源九郎は切り餅の紙を破り、一分銀を分け始めた。切り餅は一分銀を百枚、二十五両を方形に紙に包んだ物である。

源九郎は、それぞれが分けた一分銀を巾着《きんちゃく》や財布にしまうのを見てから、

「さて、ゆっくりと飲むとするか」

と言って、猪口を手にした。

それから、源九郎たち六人は一刻（二時間）ほどおだを上げながら飲んだ後、腰を上げた。

店の外は、夜陰につつまれていた。晴天らしく、満天の星である。上空に月が出ていた。路地は月光と星明かりで、淡い青磁色に染まっていた。家々は夜の帳《とばり》につつまれ、ひっそりと寝静まっている。

路地沿いにつづく家並のむこうに、はぐれ長屋の屋根の黒い輪郭だけがかすかに見えていた。

茂次、孫六、三太郎、平太の四人は、体を寄せ合い、腕を摑んだり、肩をつつき合ったりして歩いていた。孫六だけでなく、茂次と三太郎もすこしふらついていた。若い平太は、まだ酔うほどに飲まないので、歩き方がしっかりしている。

何かしゃべっているらしく、くぐもった声が聞こえ、ときおりヒッヒヒ……という孫六の下卑《げび》た笑い声がひびいた。おそらく、四人で猥雑《わいざつ》な話をしているにちがいない。いつもそうだった。酔うと、孫六や茂次たちの話は下劣になる。

源九郎と菅井は、茂次たち四人の後ろをすこし間をとって歩いていた。

「華町、簡単に始末はつかないぞ」

菅井が、厳しい顔をして言った。月光を浴びた菅井の般若《はんにゃ》のような顔が、青白く浮かび上がっている。

「そうだな」

源九郎も、容易な相手ではないとみていた。下手をすると、ここにいる仲間たちも返り討ちに遭うかもしれない。

そのとき、孫六の、女の味は、やってみねえと分からねえよ、という声が聞こえ、つづいて夜の静寂《しじま》のなかに男たちの笑い声がひびいた。

# 第二章　お家騒動

## 一

ヤッ、ヤッ、という気合が、ひびいていた。

松之助が、木刀の素振りをしていた。傍らに立った山本も木刀を振っているが、あまり気合は聞こえなかった。ふたりとも襷《たすき》掛けで、袴の股だちをとっている。

そこは、はぐれ長屋の裏手の空き地だった。長屋と掘割の間の狭い地で、雑草におおわれていた。ただ、子供たちの遊び場になっていて、踏み固められている場所もある。路地を行き来する者の目には触れず、剣術の稽古をするにはいい場所だった。

これまでも、山本は松之助を連れてこの空き地に来て、木刀の素振りや打ち込みの稽古をしていたようだ。敵討ちにそなえてのことであろう。

そのふたりを取り囲むように、長屋の子供たちが集まっていた。手跡指南所に通っている六助や房七たちである。

男児《おとこのこ》たちのなかには、おいらたちも、剣術の稽古をしたい、と言い出した児もいたらしいが、面倒見のいい山本も、剣術の稽古は許さなかったようだ。集まっている子供たちは、すこし飽きてきたのか、足元の草を引き抜いたり小石を投げたりして遊んでいる。

源九郎は空き地の隅に立って、ふたりの稽古の様子を見ていた。これまで、稽古を見るようなことはなかったが、平井たちから話を聞き、ふたりがどれほどの腕なのか知っておきたくなったのだ。

……山本に、覇気がない。

と、源九郎はみてとった。

山本は遣い手らしく、構えに隙がなく腰が据わっていた。太刀筋に乱れがなく、刃筋も通っている。だが、一撃必殺の気魄《きはく》が足りず、全身から放射される覇気があまり感じられなかった。

山本の胸の内には、迷いや恐れがあるようだ、と源九郎はみた。

一方、松之助には、必死さと一途さがあった。まだ、構えも隙だらけで腰も浮き、手だけで木刀を振っていたが、真剣そのものだった。目をつり上げ、大きな気合を発して懸命に木刀を振っている。

木刀の素振りを始めて半刻（一時間）ほどしたとき、山本が、

「松之助、今日はこれまでだな」

と声をかけて、木刀を下ろした。

「はい」

すぐに、松之助も木刀を下ろした。

ふたりの顔は汗でひかり、頰や首筋にも汗がつたっていた。ふたりが、手ぬぐいで汗を拭いていると、稽古の様子を眺めていた子供たちが、走り寄ってきた。

子供たちは、山本と松之助を取りかこみ、「お師匠、手習いはやるのか」「やろ、やろ」「おいら、おっかァに、うまくなったと褒められたぞ」などと、口々に言いたてた。

「よし、手習いをやろう。みんな、先に行け」

山本が言うと、子供たちが、パタパタと草履《ぞうり》の音をさせて長屋の方へ駆けだし

た。

源九郎は、子供たちの後から歩きだした山本と松之助に肩を並べながら、

「山本どの、だいぶ遣われるようだが、何流かな」

と、訊《き》いた。何流か分からないが、山本が、剣術の稽古を積んでいることは確かである。

「一刀流《いっとうりゅう》でござる」

山本によると、垣崎藩の領内にある一刀流の道場で修行したそうだ。その道場は、垣崎藩の家臣で若いころから江戸詰だった瀬川波四郎《せがわなみしろう》という男が、江戸の中西派一刀流の道場で修行し、国許に帰ってからひらいたのだという。ただ、道場といっても屋敷内に粗末な家屋を建てただけのもので、門弟も藩士が三十人ほどしかいなかったそうである。

「ところで、殺された山本佐之助どのは、お家騒動に巻き込まれたような話だったが、役柄は何でしたかな」

源九郎が何気なく訊いた。

「勘定方でした」

「垣崎藩の場合、勘定方はどのような仕事をしているのです?」

源九郎は、幕府の勘定方とはちがうのではないかと思った。

「藩の諸経費が適切に使われているかを調べ、場合によっては役所や現場を査察したりするようです」

「その仕事で、何か揉《も》め事があったのでは？」

さらに、源九郎が訊いた。

「それがし、詳しいことは知らないが、兄たちは、鳴瀬川《なるせがわ》の普請に費やされた諸費が適切に使われていたか調べていたらしい」

山本によると、垣崎藩の領地を二分するように鳴瀬川が流れていて、大雨のおりに土手が決壊し、田畑に流れ出て大きな被害をもたらすことがあったという。そのため、川底の土砂をさらったり、堤防を高くしたり、要所に石垣を築いたりして水害を防ぐ普請がつづけられていたそうだ。

「そ、そのころ、普請にかかわっていた普請奉行の戸川房右衛門《とがわふさえもん》が、堤防の普請に使った諸費に不正があるとの噂がたちまして、兄たちが普請にかかわる帳簿類などを調べていたのです」

山本の声がつまり、顔に疑念の色が浮いたが、それ以上何も言わなかった。山本は戸川に何か疑念をもっているのかもしれない。

「佐之助どの他にも、帳簿類を調べていた藩士がいるようだが？」

山本は、兄たちと言ったので、戸川を調べていたのは、山本佐之助だけではないようだ。

「他に、ふたりいました」

山本が、勘定方の村野平八郎《むらのへいはちろう》、小山田忠助《おやまだただすけ》の名を口にした。

「そのふたりは、襲われていないのか」

源九郎が訊いた。

「そうなのだ。ふたりは何事もなく、いまも勘定方の仕事をつづけているらしい。ただ、ふたりは兄の補佐役で、くわしいことは知らなかったのかもしれない……」

山本は語尾を濁らせた。はっきりしないのだろう。

そんなやり取りをしているうちに、源九郎たちは長屋まで来ていた。山本と松之助は手跡指南所にむかい、源九郎は自分の家にもどった。

その日、源九郎は生業《なりわい》にしている傘張りに専念した。懐は暖かったので、仕事をする必要もなかったが、菅井は両国広小路に居合の見世物に出ていて将棋をやる相手もなく、やることがなかったのである。

陽が西の空にまわったころ、松之助が源九郎の家に姿を見せ、

「華町さま、わたしの家に来ていただけませんか」

と、恐縮したような顔をして言った。

「何かあったのか」

「島倉さまと京塚さまが見えられ、華町さまにお会いしたいとのことです」

「平井どのといっしょにきた御仁《ごじん》だな」

ふたりは、平井に同行してきた垣崎藩士である。

「うかがおう」

源九郎は荏油《えのあぶら》を塗る刷毛《はけ》を置き、片襷をはずして立ち上がった。

二

山本の家の座敷に、三人の男がいた。山本、島倉、京塚である。三人は、けわしい顔をして源九郎を待っていた。

「華町どの、ご足労をおかけします」

山本は、丁寧な物言いで源九郎を迎えた。

部屋は男所帯とは思えないほど、すっきりと片付けられていた。部屋の隅に立

てられた枕屏風の陰に夜具が畳まれ、ふたりの衣類は夜具の脇に置かれた古い乱れ箱のなかに入れられていた。食器類、壺、鉢などは、流し場の棚にきちんと並べられている。

貧しいながらも、身のまわりには気を使っているようだ。武士らしい清貧な暮らしといっていいだろう。

源九郎は三人に対座すると、

「何かありましたかな」

と、すぐに訊いた。

「大内源之助といっしょに出奔したふたりのことが、知れたので、華町どののお耳にも入れておこうと思いましてね」

島倉が言った。

島倉は眉が濃く、眼光が鋭かった。中背で、一見痩せているように見えたが、腕や胸にはひき締まった筋肉がついているようだ。武芸の修行で鍛えた体であろう。

「何者かな」

「いずれも、家中の者で、名は昭島重次郎《あきしましげじろう》と田之倉洋之助《たのくらようのすけ》でござる」

島倉によると、国許の大目付、北島孫兵衛《きたじままごべえ》から江戸に書状がとどいて、ふたりのことが知れたという。

「すると、国許から出奔したのは、昭島と田之倉、それに大内ということになるな」

源九郎が言った。

「いかさま……」

そうつぶやいた後、島倉は視線を落として口をとじていたが、

「実は、大内、昭島、田之倉の三人は、富樫流《とがしりゅう》一門の者なのだ」

と、顔をけわしくして言った。

「富樫流とは？」

すぐに、源九郎が訊いた。耳にしたことのない剣の流名である。

「垣崎藩の領内に伝わる剣でござる」

そう前置きして、島倉が話し始めた。

数十年前、富樫八兵衛《はちべえ》なる廻国修行の兵法者が垣崎藩の領内に立ち寄り、山間に住む郷士や猟師の子弟などに、剣の手解きをしたという。その後、富樫は領内の双子山《ふたごやま》と呼ばれる峻峰《しゅんぽう》の中腹にある洞窟に籠って剣の工夫をして精妙を得、

富樫流を名乗って門人を集めたという。

「いまも富樫流の道場が領内にあって、家臣のなかにも道場の門弟が多数いるのだ」

島倉が言い添えた。

すると、黙って源九郎と島倉のやり取りを聞いていた山本が、

「富樫流一門の者は、結び付きが強いと聞いている。大内は師範代格で、昭島と田之倉は、腕のたつ門人ではあるまいか」

と、顔を曇らせて言った。山本は、容易な敵ではないとあらためて思ったようだ。

「その三人のなかに、山本佐之助どのを斬った者がいるのだな」

そのことは、平井から聞いていたのだ。

「われらは、そうみている」

島倉が言った。

「それが、だれかは、まだ分かっていないわけだな」

「分からない」

「うむ……。ところで、大内たち三人は家臣らしいが、役柄は？」

源九郎は、三人の役柄が分かれば、山本を殺した理由が知れるかもしれないと思った。

「大内は、先手組物頭で、昭島と田之倉は普請方だ」

島倉によると、先手組は戦時のおりの攻撃隊で、ふだんは城門の警備、城内の見回りなどにあたり、藩と江戸との連絡役もつとめているという。物頭は国許に三人、江戸にもふたりいるそうだ。大内は国許にいる三人のなかのひとりで、剣の腕がたつことで知られていたという。

また、大内は先手組物頭として数年間、江戸にいたことがあるという。そうしたこともあって、江戸詰の家臣のなかに大内とつながりのある者もいるそうだ。

「普請方というと、戸川房右衛門の配下ではないのか」

源九郎は、山本から戸川の名を聞いたばかりだった。

「そうなのだ」

島倉が、顔をけわしくして言った。

「すると、昭島と田之倉は国許の戸川の指示で出奔したのでは――」

源九郎が訊いた。

「そうかもしれん。だが、まだはっきりしたことは分からないのだ。なにせ、昭島と田之倉の名が知れたばかりだから」

「うむ……」

島倉のいうとおりだ、と源九郎は思った。

「それで、われらは、昭島と田之倉の行方を追っているのだ」

島倉が言うと、脇に座していた京塚もうなずいた。

「ところで、島倉どのと京塚どのは、どのような役柄かな」

源九郎は、ふたりが山本に味方している理由が知りたかった。おそらく、役柄にかかわってのことであろう。

「平井さまは、大目付なのです。われらふたりは、平井さま配下の目付です」

島倉によると、垣崎藩の大目付は国許にふたり、江戸にひとりいるという。役柄は主に家臣の勤怠の監察だが、当然藩内で起こる家臣の犯罪にも目を配り、その探索、吟味にも当たっているそうだ。

島倉は、目付組頭で大目付の補佐的立場で、探索や吟味にあたる目付のまとめ役だという。

「そういうことか」

どうやら、平井は、山本佐之助が領内の普請にかかわって殺されたとみて、配下の島倉や目付に事件の探索にあたらせているようだ。当然、国許の大目付の北島とも連携をとって動いているのであろう。

源九郎は、すこしだが垣崎藩の内部が見えてきたような気がした。

それから、島倉と京塚は、昭島と田之倉の年格好や人相などを話してから、

「また、何か動きがあったら知らせにくる」

と島倉が言って、ふたりは腰を上げた。

島倉と京塚が出ていった後、源九郎は山本に膝をむけ、

「山本どのは、何か懸念があるのかな」

と、声をあらためて訊いた。

それというのも、源九郎が島倉たちと話しているとき、山本はほとんど口をはさまず、顔に憂慮の翳《かげ》を浮かべて聞いていることが多かったからだ。

「い、いや、懸念はござらぬ」

山本が、声をつまらせて言った。

「敵討ちで、何か気にかかることがあるのでは？」

さらに、源九郎が訊いた。

「われらふたり、藩内の騒動に巻き込まれてしまったような気がして……」

山本が困惑したような表情を浮かべた。

「うむ……」

源九郎にも、山本の胸の内は分かった。山本に味方している平井や島倉たちにとっては、山本の敵討ちより、普請奉行のかかわる不正をあばくことの方が大事なのであろう。

「いや、いらぬことは考えぬことにしましょう。われらふたり、敵を討つことだけに専念し、討ち取ればいいことです」

山本が松之助に目をやって、

「松之助、敵を討つことに、心をひとつにしようぞ」

と静かだが、強いひびきのある声で言った。

「はい」

松之助は、眦《まなじり》を決するような顔をして応えた。

三

「華町の旦那、いやすか」

腰高障子の向こうで、孫六の声がした。

「いるぞ、入ってくれ」

源九郎は、湯飲みを手にしたまま言った。めずらしく、源九郎はめしを炊いて夕餉《ゆうげ》をとった後、茶を飲んでいたのだ。

腰高障子があいて、土間に入ってきたのは孫六と茂次だった。孫六が貧乏徳利を手にしていた。酒が入っているのだろう。

「ヘッヘへ……。旦那と、一杯《いっぺえ》やりながら話そうと思いやしてね。亀楽で、酒を入れてもらってきたんでさァ」

孫六が貧乏徳利をかざして、嬉しそうに目を細めた。

「上がってくれ」

源九郎は立ち上がると、流し場にある湯飲みと茶碗を持ってきた。孫六と茂次が、酒を飲むためである。

三人は座敷のなかほどに胡座《あぐら》をかくと、

「では、馳走《ちそう》になるかな」

と源九郎が言って、湯飲みを手にした。

すると、茂次が貧乏徳利で源九郎の湯飲みに酒をつぎながら、

「旦那、酒を飲みにきただけじゃァねえんですぜ」

と、もっともらしい顔をして言った。

「何か、話があるのだな」

源九郎は、さきほど孫六が、一杯やりながら話すと、口にしたのを思い出した。

「垣崎藩のことでさァ」

茂次が言うと、つづいて孫六が、

「あっしら、愛宕下まで行きやしてね。いろいろ、探ってみたんでさァ」

と、目をひからせて言った。岡っ引きだったころの目である。

「話してくれ」

源九郎は、茂次や孫六たちが愛宕下に出かけて、垣崎藩の内情を探っていたことは知っていた。

「へい」

孫六が、手にした湯飲みの酒を、グイとひと呑みしてから話しだした。

孫六は平太とふたりで愛宕下に出かけ、藩士から直接話を訊くことができなかったので、出入りの植木屋や呉服屋などにあたって話を聞いたという。

「それで、どんなことが知れた」

源九郎が話の先をうながした。

「家中で、揉めてるようですぜ」

そう言って、孫六はまたガブリと酒を飲んだ。

「どんなふうに揉めているのだ」

源九郎が急《せ》かせるように言った。孫六の酔いがまわる前に、話を終わらせないと要領を得なくなるのだ。

「江戸家老の内藤助左衛門《ないとうすけざえもん》さまと御留守居役の森元内膳《もりもとないぜん》さまが、啀《いが》み合ってるようなんでさァ」

「江戸家老と御留守居役がな」

「もっとも、ご家老さまは、あまり相手にしてねえようですがね」

「そうだろうな。家老の方が上役だからな」

江戸家老は、江戸における政《まつりごと》を総括する立場である。御留守居役も家老の配下といえるので、対等の立場で対立することはできないはずである。

「それで、お屋敷内にいるご家来衆のなかにも、御留守居役にくっついている者がいるらしいんでさァ。……表向きは、うまくやってるようですがね」

そう言って、また孫六は湯飲みの酒を飲んだ。

「それで、国許とのかかわりで、何か知れたのか」

源九郎は、内藤にしろ森元にしろ国許の普請奉行とのかかわりが知りたかった。

「あっしにも、国許のことまでは分からねえんで……」

孫六がそう言って、貧乏徳利の酒を空になった湯飲みにつぎ始めたとき、

「それじゃァ、あっしから」

茂次が孫六につづいて、話しだした。

茂次は愛宕下の垣崎藩の上屋敷近くの物陰に身を隠し、屋敷の中間《ちゅうげん》が出てくるのを待って話を聞いたそうだ。

その結果、孫六と同じように、家臣たちが江戸家老派と御留守居役派に分かれて陰で対立していることが分かったという。

「あっしは、長屋に見えた平井さまのことを訊いてみたんでさァ」

さらに、茂次が言った。

「それで、何か知れたか」

源九郎は、平井もどちらかの派に与《くみ》しているだろうと思った。

「平井さまは、ご家老さまの指図で動くことが多いそうで」

「家老派か。……まァ、当然だろうな。大目付が家老と反目していては、政は動かないからな」

となると、江戸家老の内藤も山本の敵討ちのことは知っていて、平井に命じて山本を陰で支えているのかもしれない。

「垣崎藩の家臣たちだが、どの程度山本どのの敵討ちのことを知っているのかな」

源九郎は、念のために訊いてみた。

「あっしは中間たちに訊いたおりに、それとなく敵討ちの話も持ち出してみたんですがね、知っている者はひとりもいねえんでさァ」

「旦那、あっしも訊きやした。……ご家中で、敵討ちの話など聞いたことがないと言ってやしたよ」

と、孫六が脇から口をはさんだ。孫六の顔がだいぶ赤くなり、目尻が下がってきた。酔いがまわってきたらしい。

「どうやら、家中では敵討ちのことは秘匿《ひとく》されているようだ。……家臣たちに口止めしているのであろう」

そう言って、源九郎は湯飲みに手を伸ばした。

茂次は、源九郎が湯飲みをかたむけるのを見てから、

「それで、あっしらはどう動きやす。もうすこし、お屋敷近くで、聞き込んでみやすか」

と、訊いた。茂次は、あまり酔わないようだ。もっとも、まだ膝先に置いた茶碗に酒が残っている。

「他のことで、探ってもらいたいことがある。実は、長屋に島倉どのと京塚どのがみえてな、垣崎藩の国許から江戸に出た三人の名が知れたのだ」

源九郎は、大内源之助にくわえ、新たに知れた昭島重次郎と田之倉洋之助の名を口にした。

「三人は、江戸市中に潜伏しているらしいのだが、行方《ゆくえ》を探ってもらえんか」

源九郎が言った。

「やりやしょう」

脇から、孫六が口をはさんだ。酒を飲みながらも、耳は源九郎と茂次のやり取りにむけられていたらしい。

「……用心しろよ。迂闊《うかつ》に、三人の名を出すな。いいか、おまえたちが、大内たちを探っていることが知れたら、命はないぞ」

源九郎が、いつになく厳しい顔をして言った。

「承知していやす」

茂次が言うと、孫六も赤い顔をしてうなずいた。

四

その日、朝から小雨が降っていた。さっそく、菅井が飯櫃《めしびつ》と将棋盤をかかえて源九郎の家にやってきた。

いつものように、ふたりが握りめしを食いながら将棋を指していると、腰高障子の向こうで、

「華町どのは、おられるか」

と、山本の声が聞こえた。

「おお、いいところに来た。山本どの、入ってくれ」

すぐに、菅井が言った。顔に笑みが浮いている。

源九郎と菅井の将棋は、終盤だった。どういうわけか、菅井が勝ちそうである。菅井にすれば、源九郎の後で山本と指せるとみて、笑みがこぼれたのであろう。

ところが、山本はふだんとちがって顔をこわばらせ、

「いや、今日は将棋は遠慮したい」

と言って、上がり框《がまち》に腰を下ろした。

「どうされた。何かあったのか」

源九郎は、指そうとしていた銀を手にしたまま訊いた。

「おふたりに、手を貸してもらいたい」

山本が言った。

「手を貸せとは？」

「実は、昨夜、島倉どのが長屋にみえて、普請方の田之倉が、身をひそめている隠れ家が知れたらしいのだ」

山本が、小声で言った。

「どこに隠れていた」

源九郎が訊いた。源九郎は、膝先を山本の方へむけていた。手にしていた駒は、将棋盤の脇に置いている。

菅井は将棋盤の方に膝をむけたまま戸惑うような顔をして、戸口にいる山本に目をやったり、将棋盤に目を落としたりしている。山本の話も、将棋も気になるようだ。

「大竹五郎兵衛《おおたけごろべえ》という藩士の町宿に身をひそめているらしい」

町宿は、藩邸内に入り切れなくなった江戸勤番の藩士が、市井の借家などに住むことである。

山本によると、大竹は馬役で、御留守居役の森元の配下のように動いているという。

「すると、森元が、ひそかに大竹に命じて田之倉を匿《かくま》ったのかもしれんな」

「島倉どのも、そうみているらしい」

そのとき、菅井が急に源九郎に目をやり、

「華町、おまえの番だぞ」

と、苛立《いらだ》った声で言った。

「菅井、いまは将棋どころではないだろう。将棋は、菅井の勝ちだ。もう四、五手で詰むからな」

源九郎はそう言うと、膝をずらして将棋盤から身を離した。

「まァ、おれも、四、五手で詰むとみていたがな」

菅井は仕方なさそうに、将棋の駒を木箱に入れ始めた。

「それで、島倉どのたちは、田之倉をどうする気なのだ」

島倉は、田之倉をどうするか、山本に伝えにきたにちがいない。

「まだ、田之倉が兄を斬ったかどうか分からないので、敵として斬ることはできないのだ。それで、島倉どのたちは、田之倉を捕らえて訊問《じんもん》するつもりらしい。……それがしも、それしかないと思っている」

「そうだな。それに、田之倉が敵でないとしても、佐之助どのを斬ったのはだれか知っているだろうからな」

島倉たち目付にすれば、田之倉から国許の普請にかかわる不正も聞き出したいのであろう、と源九郎は思った。

「山本どのも、田之倉を捕らえにいくつもりか」

菅井が訊いた。将棋のことは諦めたらしく、膝先を山本にむけている。

「それがしも、兄をだれが殺したのか、田之倉に訊いてみるつもりだ」

「わしらは、どうすればいいかな」

源九郎が訊いた。

すると、山本は立ち上がり、体を源九郎と菅井にむけて、

「華町どのと菅井どのに、手を貸してもらいたいのです」

と、訴えるような口振りで言った。

「田之倉が身をひそめている町宿には、もうひとり杉永弥一郎《すぎながやいちろう》という男がいる。……杉永は、それがしと松之助を一ツ目橋近くで襲った三人のなかのひとりなのだ」

山本によると、島倉から杉永がずんぐりしている体軀《たいく》であることや顔付きなどを聞いて、三人のなかのひとりと分かったという。それに、杉永は江戸勤番で、先手組だそうだ。大内が江戸にいるとき、先手組物頭だったことからみて、そのころ杉永とのかかわりができたとみることができるという。

「すると、町宿には田之倉、杉永、それに大竹の三人がいるわけだな」

源九郎が念を押した。

「そうなる。島倉どのの話では、杉永も遣い手らしい。……いまのところ、田之倉を捕らえにむかうのは、それがしと目付が三人ということになっている」

目付は、島倉、京塚、それに宇津木信助《うつきしんすけ》という若い男だという。

「宇津木どのも、腕はたつらしいので、われらが後れをとるようなことはないはずだが、田之倉を生きたまま捕らえられるかどうか分からない。できれば、田之倉を生きたまま捕らえたいのだが……」

山本が、源九郎と菅井に目をむけて言った。

「うむ……」

山本の懸念は、もっともである。人数は四対三であり、山本たちが討たれるようなことはないかもしれない。ただ、捕方でもない山本たちが、刀を抜いて手向かってくる相手を生きたまま捕らえるのは至難であろう。

「それで、華町どのと菅井どのに手を貸してもらいたいのだ」

山本が、源九郎と菅井に目をむけて言った。

「かまわんが、平井どのに話さなくてもいいのか」

源九郎は、念のために平井には話しておいた方がいいような気がした。

「このことは、島倉どのも承知しているので、平井さまにはお伝えするはずだ」

「それならいいが……。それで、田之倉を捕らえに行くのは、いつになる」

「明後日の夕暮れ時に」

町宿があるのは、京橋に近い水谷町《みずたにちょう》だという。

「田之倉を捕らえた後、どうするのだ」

菅井が訊いた。

「目付の宇津木どのの住む町宿が、木挽町《こびきちょう》二丁目にあるそうだ。そこへ、田之倉を連れていき、ひそかに訊問するつもりらしい。……宇津木どのをくわえたのは、町宿を使うためもあったようだ」

木挽町は、三十間堀沿いにひろがる町で、一丁目から七丁目まであったが、二丁目は水谷町からすぐである。

「それで、杉永と大竹は斬ってもいいのか」

菅井が訊いた。

「できれば、杉永も捕らえたいが、刀を抜いて手向かってきて捕らえるのがむずかしければ、斬るのもやむを得ない」

「杉永が、おとなしく縄を受けることはあるまいな」

杉永はかならず刀を抜いて立ち向かってくる、と源九郎はみていた。それに、武士の矜持《きようじ》を持っていれば、捕らえられる前に自害するかもしれない。

「山本どの、松之助は長屋においていくのだな」

源九郎が、念を押すように訊いた。

「そのつもりだ。松之助を連れていくのは、敵討ちのときだけにしたい」

山本が、きっぱりと言った。

「いずれにしろ、明後日だな」

菅井が、目をひからせて言った。将棋のことは、すっかり忘れているようだ。

# 五

その日、源九郎、菅井、山本の三人は、昼ごろになってからはぐれ長屋を出た。水谷町までは、かなりの距離がある。途中、道筋にあるそば屋にでも立ち寄って腹ごしらえをするつもりだった。

源九郎たちは、本所相生町から両国橋を渡り、奥州街道を日本橋にむかい、途中、横山町《よこやまちょう》のそば屋に立ち寄った。

そば屋を出た後、源九郎たちは日本橋に出て、賑やかな東海道を南にむかった。しばらく歩くと、前方に京橋が見えてきた。

「橋のたもとに、島倉どのが――」

歩きながら、山本が京橋を指差した。

橋のたもとに、島倉が立っていた。羽織袴姿で、二刀を帯びていた。付近に、他の藩士の姿はなかった。

「京塚どのと、宇津木どのは？」

山本が、島倉に近付いて訊いた。

「大竹の家を見張っている」

今朝方、島倉たち三人は愛宕下の藩邸を出て、大竹の住む町宿の様子を窺《うかが》い、島田之倉と杉永がいることを確認した。その後、京塚と宇津木を見張りに残し、島倉だけがこの場に来たという。

「わしらも行ってみるか」

源九郎が言った。

「それがしが、案内《あない》する」

島倉が先にたって、京橋を渡り始めた。

京橋を渡るとすぐ左手におれ、京橋川沿いの道を東にむかった。いっときすると、京橋川にかかる中ノ橋が前方に迫ってきた。島倉は中ノ橋の手前で右手の路地に入った。

そこは、狭い路地で、小体《こてい》な店や仕舞屋《しもたや》などが並んでいた。ぽつぽつと人影があったが、ひっそりとした路地である。

路地に入って一町ほど歩くと、雑草や笹藪《ささやぶ》などでおおわれた空き地があった。家屋を取り壊した後、そのまま放置された空き地らしい。島倉は空き地のなかに踏み込み、笹藪の陰にまわった。そこに、京塚と宇津木が身をひそめていた。

「大竹たちがいるのは、あの家です」

京塚が、源九郎たちに目をむけて斜向《はす》かいにある仕舞屋を指差した。

「田之倉と杉永もいるな」

島倉が念を押すように訊いた。

「おります」

京塚によると、田之倉たち三人は、昼過ぎに家を出て近くのそば屋に入ったが、しばらくすると店から出て、そのまま家にもどったという。

「昼めしを食ってきたのだな」

源九郎が言った。

「そのようです」

「まだ、すこし早いな」

源九郎が、西の空に目をやって言った。

陽は西の家並の向こうに沈みかけていたが、まだ上空には日中の明るさが残っていた。路地沿いの店もひらいていて、客のたかっている店もある。

「あと、小半刻（三十分）もすれば、暮れ六ツ（午後六時）の鐘が鳴るだろう」

源九郎たちは、笹藪の陰で鐘が鳴るのを待つことにした。

「ところで、背戸はあるのか」

源九郎が訊いた。

「ないようです」

宇津木によると、家の裏手は長屋をかこった板塀になっていて、裏からは出入りできないという。

「ならば、表から踏み込めばいいな」

それから、しばらくしたときだった。仕舞屋の戸口に目をむけていた京塚が、

「武士が来る！」

と、昂《たかぶ》った声で言った。

源九郎たちは、いっせいに戸口に目をむけた。

大柄な武士だった。羽織袴姿で、どっしりと腰が据わっている。

「あやつ、大内だ！」

源九郎が言った。一ツ目橋の近くで、やり合った三人組のなかのひとりである。

大内は仕舞屋の戸口に足をとめ、路地の左右に目をやってから引き戸をあけてなかに入った。

「どうする？」

島倉が上ずった声で訊いた。

「大内が、あらわれるとは思わなかったな」

菅井が低い声で言った。細い双眸《そうぼう》が、切っ先のようにひかっている。菅井も、気が昂っているらしい。

「やるしかないな」

源九郎は、大内を討ついい機会だと思った。

戦力は、まだ源九郎たちが勝っていよう。人数は源九郎たちが六人、敵は大内がくわわったことで四人である。ただ、六対四で斬り合いになれば、生け捕りにするのはむずかしいかもしれない。

源九郎はそのことを話し、

「生け捕りにするのは、田之倉ひとりに絞ろうではないか」

と、言い添えた。

「そうしよう」

島倉が同意すると、京塚や宇津木もうなずいた。

源九郎たちはその場で相談し、京塚と居合の遣える菅井が田之倉にあたって生け捕りにし、他の四人で残る三人と闘うことにした。菅井が、居合で田之倉を峰打ちにすると言ったからである。

源九郎は、大内と闘うつもりだった。三人のなかでは、大内が一番の遣い手とみたからである。それに、源九郎には、ひとりの剣客として大内の遣う富樫流の剣と立ち合ってみたい気もあった。

いっときすると、石町《こくちょう》の暮れ六ツの鐘が鳴り始めた。陽は沈み、笹藪の陰には淡い夕闇が忍び寄っている。

路地の人影が急にすくなくなり、路地のあちこちから、表戸をしめる音が聞こえてきた。店仕舞いを始めたのである。

「支度をしよう」

源九郎たちは、闘いの支度を始めた。

支度といっても袴の股だちを取り、襷で両袖を絞るだけである。

「行くぞ！」

島倉が声を上げた。

## 六

源九郎たち六人は、笹藪の陰から路地に出た。路地は淡い夕闇につつまれ、ひっそりとしていた。源九郎たちは、足音を忍ばせて仕舞屋の戸口にむかった。

戸口に身を寄せた六人は、息を殺して家のなかの様子を窺った。戸口の板戸にむけられた六人の双眸が、薄闇のなかで白く底びかりしている。

家のなかから、かすかに物音と話し声が聞こえた。何人かの男の声である。田之倉たちが、座敷に集まって話しているのかもしれない。

「入るぞ」

島倉が声を殺して言い、戸口の板戸を引いた。

ゴトゴトと、重い音をひびかせて板戸があいた。古い板戸で、立て付けが悪かったらしい。

すぐに、島倉、源九郎、菅井、さらに山本たち三人が土間に踏み込んだ。土間の先が狭い畳敷きの部屋になっていた。そこには、だれもいなかった。その座敷の先に障子がたててあり、人のいる気配があった。田之倉たちは、そこにいるようだ。

「だれだ！」

ふいに、障子の向こうで誰何《すいか》する声が聞こえた。

源九郎たちは答えず、次々に抜刀して、土間の先の座敷に踏み込んだ。

障子の向こうで、「踏み込んできたぞ！」「山本たちかも、しれん！」という昂った声が聞こえ、人の立ち上がったような物音がした。

カラッ、と障子が開けはなたれた。

顔を出したのは、ずんぐりした体軀の武士だった。源九郎はその顔に見覚えがあった。一ツ目橋近くで、山本たちを襲った三人のなかのひとり、杉永である。

杉永の背後の座敷に、いくつかの武士らしい人影があった。田之倉たちである。

「島倉たちだ！　多勢だぞ！」

杉永が、ひき攣《つ》ったような声で叫んだ。

座敷にいた田之倉たちが立ち上がり、さらに障子を開けはなった。長身の武士と痩身の武士が、姿を見せた。田之倉と大竹であろう。源九郎たちは、田之倉が長身で、大竹が痩せていると聞いていたので、それと分かったのだ。

もうひとり、大柄な武士が座敷にいた。大内である。

「おのれ！」

田之倉が手にした刀を抜きはなった。

これを見た菅井と京塚が、源九郎たちの前に出た。

そのとき、大内が「外へ出ろ！」と叫び、左手にむかった。

左手に廊下があった。その先に縁側があり、雑草の茂る空き地が見えた。どうやら、縁側に出て、空き地へ飛び出すつもりらしい。

……逃がさぬ！

源九郎が小走りに廊下にむかうと、すぐに島倉と山本がつづいた。

廊下に出たのは、大内と大竹だった。ふたりは、すばやい動きで廊下から空き地に飛び下りた。

一方、廊下に飛び出した源九郎、島倉、山本の三人は、雑草のなかを走り、大内と大竹の前にまわり込んだ。

源九郎は大内の前に立ちふさがり、

「大内、勝負！」

と、声を上げた。

「華町か！」

大内は足をとめ、手にした大刀を抜きはなった。源九郎の名を知っているらしい。ここは、源九郎と勝負するしかないとみたようだ。

大竹には、山本と島倉が切っ先をむけた。大竹も刀を抜き、蒼ざめた顔で前に立った島倉に切っ先をむけた。島倉は青眼に構えた。山本は大竹の左手にまわり込み、八相に構えている。

源九郎と大内との間合は、およそ四間――。まだ、一足一刀の間境の外である。

大内の八相の構えは、すこし変わっていた。両肘を高くとり、刀身を垂直に立てている。大柄な体とあいまって、大樹のような大きな構えだった。夕闇のなかに、垂直に立てて刀身が銀色《しろがねいろ》にひかっている。

対する源九郎は青眼に構え、刀の柄《つか》を握っている大内の左拳に切っ先をむけた。八相に対応した構えである。

……遣い手だ！

と、源九郎は察知した。

大内の全身に気勢がみなぎり、斬撃の気配をみせていた。八相の構えに、上から覆いかぶさってくるような威圧感がある。

だが、源九郎は臆さなかった。剣尖《けんせん》に気魄を込め、大内の構えの威圧に立ちむかった。

「わしは、鏡新明智流を遣う。おぬしは――」

源九郎が、大内の遣う剣の流名を訊いた。

「富樫流だ。おれの遣う鎧斬《よろいぎ》り、受けてみよ！」

大内が吼《ほ》えるような声で叫んだ。

……鎧斬りとな。

源九郎は、島倉たちから富樫流のことは聞いていたが、鎧斬りのことは耳にしていなかった。おそらく、富樫流のなかにある技名であろう。

「まいるぞ！」

大内が声を上げ、間合をつめ始めた。

ザッ、ザッ、と、大内の足元から雑草を踏み分ける音がひびいた。

対する源九郎は、動かなかった。気を鎮めて、大内の気の動きを読んでいる。大内の斬撃の起こりをとらえ、左手に斬り込むつもりだった。

大内との間合が、しだいに狭まってきた。大内の全身から激しい剣気がはなたれていた。その剣気に、源九郎は呑まれそうになった。

だが、源九郎は大内の激しい剣気を受け流すようにして、気の動きを読んでいる。

ふいに、大内の寄り身がとまった。一足一刀の斬撃の間境の一歩手前である。

大内は塑像のように立っている源九郎に不気味さを感じ、このまま斬撃の間境に踏み込むのは危険だと察知したのかもしれない。

オリャア！

突如、大内が巨獣の咆哮《ほうこう》のような気合を発した。

気当《きあ》てだった。気合で、源九郎の心を動かそうとしたのだ。

だが、源九郎は動じなかった。気を鎮めて、大内の気の動きを読んでいる。

と、大内が一歩踏み込んだ。

瞬間、大内の全身に斬撃の気がはしり、その大きな体がさらに膨れ上がったように見えた。

この大内の一瞬の動きを、源九郎がとらえた。

タアッ！

鋭い気合とともに源九郎の体が躍動し、切っ先が槍穂のように大内の左拳に伸びた。

間髪を入れず、大内の巨軀が躍り、稲妻のような閃光《せんこう》がはしった。

八相から真っ向へ。

刃唸《はうな》りをたてて、大内の刀身が源九郎の真っ向へ振り下ろされた。

両者の一瞬の攻撃だった。

次の瞬間、源九郎は体を右手に倒した。咄嗟《とっさ》に、体が反応したのである。

源九郎の切っ先は、大内の左拳をかすめて空を突いた。

一方、大内の切っ先は、源九郎の左肩先をかすめて流れた。そのとき、源九郎は右頰に刃風を感じた。大内の一撃は、凄《すさ》まじい剛剣だった。まともに真っ向に斬撃をあびていたら、源九郎の頭は斬り割られ、ふたつに両断されていただろう。

ふたりは一合した後、大きく後ろに跳んで間合をとり、ふたたび青眼と八相に構え合った。

「おれの鎧斬り、よくかわしたな」

大内が、源九郎を見すえて言った。

顔が赭黒《あかぐろ》く染まり、双眸が炯々《けいけい》とひかっている。一合したことで、気が高揚しているらしい。

……これが、鎧斬りか！

源九郎は、おそろしい剣だ、と思った。

おそらく、鎧斬りの名は、鎧さえ斬り裂く剛剣ということで名付けられたのであろう。

だが、鎧斬りの恐ろしさは、剛剣というだけではない。迅《はや》く、しかも鋭かった。源九郎が、大内の真っ向への斬撃を受けていれば、受けた刀ごと斬り下ろされ、頭を割られていただろう。

源九郎はふたたび切っ先を大内の左拳につけたが、かすかに刀身が震えていた。このままでは、大内の鎧斬りの斬撃をかわしきれないと思い、気の昂りと同時に恐怖を覚えたのである。

そのときだった。ギャッ！　という叫び声がひびき、大竹が身をのけ反らせた。島倉の斬撃を浴びたらしい。

大竹はよろめき、雑草に足をとられて転倒した。これを見た山本が反転し、大内の左手に走り寄った。源九郎に加勢しようとしたらしい。

大内は八相に構えたまま、すばやい動きで後じさった。そして、源九郎との間合があくと、

「この勝負、預けた！」

と叫び、踵《きびす》を返して駆けだした。源九郎と山本が相手では、勝ち目がないとみたようだ。

源九郎は後を追わなかった。大内は大柄だが、足も速かった。その巨獣のような体が、見る見る遠ざかっていく。

源九郎は倒れた大竹に目をやった。叢《くさむら》のなかに、もたげた大竹の頭が見えたが、身を起こすことはできないようだった。苦しげな呻《うめ》き声が聞こえてくる。

七

菅井は、座敷で田之倉と対峙《たいじ》していた。京塚が田之倉の逃げ道をふさぐように、廊下側にまわり込んでいる。

菅井は腰を沈めて居合腰にとり、左手で刀の鯉口を切り、右手を刀の柄に添えていた。居合の抜刀体勢をとっている。

田之倉は低い八相に構えていた。富樫流を遣うはずだが、大内の八相とはちがっていた。やや刀身を寝かせた低い八相である。切っ先が、鴨居に触れないようにあえて低く構えているのかもしれない。

一方、宇津木は、杉永に切っ先をむけていた。宇津木の構えは青眼である。宇津木も遣い手らしく、構えに隙がなく腰も据わっていた。

対する杉永も、青眼に構えていた。隙のない構えだが、切っ先がかすかに震えていた。気が昂っているらしい。

ふたりは青眼に構えあったまま対峙し、動かなかった。全身に激しい気勢を込め、気魄で攻め合っている。

そのとき、菅井が動いた。

菅井は足裏で畳を摺《す》りながら、田之倉との間合をつめ始めた。

……斬らずに、仕留めねばならんな。

菅井は、胸の内でつぶやいた。

田之倉だけは生け捕りにすることになっていたので、居合の抜き付けの一刀で、田之倉を斬るわけにはいかなかった。峰打ちで仕留めなければならない。だが、刀を峰に返したまま居合を遣うのは至難である。

と、田之倉も間合をつめてきた。趾《あしゆび》を這《は》うように動かし、ジリジリと間合をせばめてくる。

菅井と田之倉との間合が、一気にせばまってきた。間合がせばまるにつれ、菅井の全身に抜刀の気が満ちてきた。田之倉の構えにも、斬撃の気配が高まっている。

菅井が先《せん》をとった。居合の抜きつけの間境に踏み込むや否や、イヤアッ！

裂帛《れっぱく》の気合を発して抜き付けた。

シャッ、という刀身の鞘走る音がし、菅井の腰元から閃光が逆袈裟《ぎゃくげさ》にはしった。

迅い！

まさに、稲妻のような抜きつけの一刀である。

菅井の切っ先が、低い八相から斬り下ろそうとした田之倉の左前腕を浅く斬り裂いた。

アッ！　と声を上げ、田之倉が後ろに身を引いた。そのとき、田之倉の腰が浮き、体勢がくずれて後ろによろめいた。

この一瞬の隙をとらえ、菅井は刀身を峰に返して横一文字に払った。神速の太刀捌《ちさば》きである。

菅井の峰打ちが、ふたたび八相に構えようとした田之倉の腹をとらえた。

グワッ！

田之倉は獣の咆哮のような叫び声を上げ、上半身を折るように前にかしげさせた。田之倉は手にした刀を取り落とし、両手で腹を押さえてうずくまった、苦しげな呻き声を洩《も》らしている。

「縛り上げろ！」

菅井が叫ぶと、京塚が駆け寄ってきた。

京塚は用意した細引を懐から取り出すと、田之倉の両手を後ろにとって、手早く縛り上げた。

このとき、杉永が動いた。目の隅で田之倉が捕らえられるのを見て、次は自分に菅井がむかってくるとみたのかもしれない。

オリャァ！

杉永は甲走った気合を発し、青眼から振りかぶりざま宇津木に斬り込んだ。

踏み込みながら真っ向へ——。

切っ先が、対峙していた宇津木の額を襲う。

咄嗟に、宇津木は左手に跳びざま刀身を払った。一瞬の反応である。

キーン、という甲高い音がひびき、杉永の刀身がはじかれた。杉永は勢い余って、前につっ込んだ。

すかさず、宇津木が杉永の後ろにまわり込み、背後から斬りつけようとしたが、間にあわなかった。杉永は前につっ込むような勢いで狭い座敷を走り抜けると、土間へ飛び下りた。

「待て！」

宇津木が、慌てて杉永の後を追った。

杉永は戸口から外へ飛び出し、そのまま路地へ走り出た。初めから逃げる気で、仕掛けたようだ。

宇津木も、後を追って外に出た。

家の外は、深い夕闇につつまれていた。杉永は人影のない路地を走り、そのまま懸命に逃げていく。

宇津木は杉永の後を追ったが、杉永の逃げ足は速かった。しだいに、ふたりの間がひろがっていく。

宇津木は足をとめ、

「に、逃げられた！」

と声を上げ、肩で荒い息を吐いた。

杉永の後ろ姿が、夕闇のなかに霞んでいく。

闘いは、終わった。大内と杉永には逃げられたが、田之倉を捕らえ、大竹を斬殺した。

外に出た島倉と京塚、それに宇津木は家のなかに入ったが、源九郎と山本は倒れている大竹のそばに立っていた。

山本は顔を曇らせ、叢のなかに横臥《おうが》している大竹の横顔に目をむけていた。その目に悲哀の色がある。すでに、大竹は絶命し、ピクリとも動かなかった。

「この男は、死なねばならぬようなことをしたのだろうか……」

山本が、力のない声でつぶやいた。

山本の胸の内には、罪のない者を殺してしまったという悲しみと後悔があるらしい。

……山本は、心根のやさしい男のようだ。

と、源九郎は思った。

だが、武士として生きていくためには、心を鬼にしてひとを斬らねばならないこともある。山本は松之助のためにも、無念のうちに死んでいった兄の敵を討たねばならないのである。

「山本どの、死骸《ほとけ》は家のなかに運んでおいてやるか」

源九郎が声をかけると、山本は無言でうなずいた。

# 八

その夜のうちに、島倉たちは、捕らえた田之倉を木挽町二丁目にある宇津木の町宿に連れていった。田之倉を訊問するためである。

源九郎と菅井は、大竹の家の戸口で島倉たちと別れた。田之倉に対する訊問は、垣崎藩内の不正を明らかにすることが主な目的だったので、源九郎や菅井は口出ししない方がいいと思ったのである。山本の敵討ちにかかわることは、後で山本に訊けば、分かるはずである。

宇津木の住家にむかったのは、田之倉の他に、宇津木、島倉、京塚、それに山本だった。山本は、だれが兄を斬ったのか聞き出すために島倉たちに同行したのである。

宇津木の住家に着いた島倉たちは、すぐに、田之倉を奥の座敷に連れていった。すこしでも路地から離れた方が、訊問の声が通行人にとどかないはずである。島倉たちは、寝ずに田之倉を訊問するつもりだった。

田之倉を座敷のなかほどに座らせ、島倉たち四人がとりかこむように立った。座敷の隅に行灯《あんどん》が置かれ、島倉をはじめ男たちの顔をぼんやりと浮かび上がらせていた。

「田之倉、おぬしは普請方だったな」

島倉が田之倉の正面に立って切り出した。

「そ、そうだ……」

田之倉は、苦痛に顔をしかめて言った。顔は土気色をし、額に脂汗が浮いていた。菅井の峰打ちをあびた腹部が痛むらしい。肋骨《あばらぼね》でも、折れているのであろうか。

「藩の許しもなく国許を出奔したのは、何のためだ」

島倉が、田之倉を見すえて訊いた。行灯の灯《ひ》を映じた双眸が、熾火《おきび》のようにひかっている。

「し、知らぬ」

田之倉は、島倉から視線をそらせた。

「藩の許しもなく国許を出たとなれば、それだけで改易だぞ」

「おれは、上役の指図で出府したのだ」

「上役とは、普請奉行の戸川さまか」

「い、言えぬ。いずれ分かるが、そのときは、おれも相応の役柄に就いているはずだ」

田之倉の口許に薄笑いが浮いたが、すぐに苦痛の色が顔をおおった。

どうやら、田之倉が出奔して大内たちと行動を共にしていた裏には、栄進の話があったらしい。

「普請奉行の戸川さまの指図で、出府したことにしておこう。……おぬしの上役といえば、戸川さましかいないはずだからな」

「……！」

田之倉は何も言わなかった。苦しげに、顔をしかめただけである。

「田之倉、なにゆえ、勘定方の山本佐之助どのを斬ったのだ」

島倉が、語気を強くして訊いた。

すると、山本が島倉の脇に身を寄せ、睨むような目で田之倉を見すえた。

「お、おれは、山本どのを斬ってはいない」

田之倉が声をつまらせ、訴えるような口調で言った。

「田之倉、ごまかしてもだめだ。おれたちの目は節穴ではないぞ。おまえたちは、山本どのの下城時を狙って襲い、斬殺した。そして、国許の目付筋の追及から逃れるために、江戸へ逃げてきたのだ。……ちがうか」

「ち、ちがう」

田之倉が、島倉と山本に目をむけて言った。

「田之倉、おぬしだけ斬らずに、わざわざ峰打ちにしてここへ連れてきたのは、なぜか分かるか」

「……！」

田之倉が戸惑うような顔をした。

「おまえが、山本どのを襲ったのを見た者がいる。……ここにおぬしを連れてきて、山本どのにも来てもらったのは、兄の敵として、おぬしを討ってもらうためだ」

島倉は、田之倉にしゃべらせるためにそう言ったのだ。目撃者は、ひとりの武士が樹陰から飛び出し山本佐之助を斬殺するところを目にしていたが、それが何者なのか分からなかったのである。

「お、おれではない！」

田之倉が必死になって言った。

「では、だれだ」

すかさず、島倉が訊いた。

「……お、大内さまと聞いている」

「大内源之助か！」

山本が、顔に憎悪の色を浮かべて声を上げた。兄であり、松之助の父である佐之助を斬殺したのは、大内である。

「大内は、なぜ山本どのを斬ったのだ」

すぐに、島倉が訊いた。

「し、知らぬ。おれは、何も聞いていない……」

田之倉は、急に語尾を濁した。

「聞かぬはずはない。大内といっしょに出奔し、江戸でも共に行動しながら、何の話もないなどということが、信じられるか」

島倉が声を鋭くして訊いた。

「山本どのが、鳴瀬川の普請のことで戸川さまの身辺を嗅ぎまわったためと、聞いているが……」

田之倉が、肩を落として言った。

「やはりそうか」

島倉はいっとき口をつぐんで黙考していたが、

「ところで、江戸へ来てからおぬしたちは、だれの指図で動いていたのだ」

と、声をあらためて訊いた。

「おれは、江戸に出てから、大内さまの指図にしたがっていた」

「その大内は、だれの命を受けていたのだ」

「だれかは知らぬが、大内さまは、御使番の菊川《きくかわ》どのと会って話を聞いていたようだ」

「菊川彦之助《ひこのすけ》か……」

島倉は、菊川を知っていた。御留守居役、森元内膳の配下である。

やはり、大内たちの背後で糸を引いていたのは森元のようである。江戸にいる森元も、此度《こたび》の事件の黒幕のひとりとみていいようだ。

次に口をひらく者がなく、座敷が重苦しい沈黙につつまれたとき、

「大内源之助は、どこに身をひそめているのだ」

山本が語気を鋭くして訊いた。

「し、知らぬ」

「おぬしが、知らぬはずはないだろう。……知らなければ、大内と連絡がとれまい」

島倉が言った。

「連絡は、大竹どのがしてくれたのだ」

「ならば、大竹から何か聞いているだろう」

島倉が畳み掛けるように訊いた。

「おれと同じように、江戸勤番の者の住む借家だと言っていた」

「その藩士の名は？」

「名は聞いていないが、先手組の者らしい」

「先手組か」

大内は、国許の先手組物頭であった。江戸の先手組のなかにも、縁者や配下だった者がいるのだろう。

「ところで、いっしょに出奔した昭島は、どこに身をひそめている」

島倉が訊いた。

「やはり、江戸勤番の者が住む借家だ」

田之倉は、昭島といっしょに住んでいる者も、借家のある町名も知らなかった。田之倉によると、ひとりが尾行されたり捕らえられたりしても、他の者に目付たちの手がまわらないようにお互いの住家を秘匿していたという。

「用心深いことだな。……それでは、国許の戸川さまのことを訊こうか」

島倉は、普請奉行、戸川房右衛門の鳴瀬川の普請のことを訊いたが、田之倉は首を横に振るばかりだった。

田之倉が、戸川の不正について知らないはずはなかった。ただ、島倉は、田之倉を強く追及できなかった。国許における戸川の調べは、国許の目付筋がおこなっており、江戸の目付には、ほとんど追及のための持ち駒がなかったのである。

「いずれ、あらためて、おぬしから聞かせてもらうことになろうな」

島倉はそう言って、田之倉から視線をはずした。

座敷が、かすかに白んできていた。払暁らしい。島倉たちは、あらためて田之倉を縛りなおし、柱にくくりつけてから座敷を出た。別の座敷で一休みするつもりだった。

島倉たちは、今夜にも田之倉を愛宕下の藩邸に連れていくことにしていた。しばらく藩邸内の長屋に監禁し、さらに詮議《せんぎ》して口上書《こうじょうがき》を取ることになるだろう。

# 第三章　鎧《よろい》斬《ぎ》り

## 一

源九郎と菅井は、はぐれ長屋の裏手の空き地で、山本と松之助の稽古の様子を見ていた。

ふたりは素振りを終えた後、木刀で打ち合っていた。打ち合いといっても、松之助が打ち込んでくるのを、山本がかわしたり、木刀をはじいたりするだけである。それでも、ふたりには必死さがあった。敵が大内源之助と知れ、容易なことでは討てないと分かったからであろう。

長屋の子供たちは、空き地の隅でふたりの稽古を見ていたが、そのうちに飽きてきたとみえ、ひとり去りふたり去りして、いま稽古を見ているのは源九郎と菅井だけだった。

まだ、七ツ半（午後五時）ごろだったが、空き地は夕暮れ時のように薄暗かった。空が厚い雲でおおわれているせいであろう。

いっときすると、ぽつぽつと雨が落ちてきた。

「松之助、これまでにいたそう」

山本が声をかけ、木刀を下ろした。

「はい」

松之助も木刀を下ろし、額に浮いた汗を手の甲で拭った。

源九郎と菅井は、山本たちといっしょに長屋へむかった。まだ、濡れるような雨ではなかったので、男たちはゆっくりと歩いた。

「山本どの、訊《き》きたいことがあるのだがな」

源九郎が歩きながら言った。

「なんですか」

「わしが大内と立ち合ったとき、鎧斬りなる剣を遣ったのだが、山本どのは知っているかな」

源九郎は、山本から鎧斬りのことを訊くつもりで、源九郎の家に姿を見せた菅井といっしょに空き地に来ていたのだ。

「知っている」

山本が、顔をけわしくして言った。

「富樫流に伝わる技かな」

「そのようだが……。ただ、特別な技ではなく、立ち合いのおりの心の持ちようをあらわしているともいえます」

そう言って、山本が鎧斬りについて話しだした。

鎧斬りといっても、決まった刀法はないそうだ。ただ、多くの場合、上段か八相に構えて己から踏み込み、気魄《きはく》を込めて、真っ向や袈裟《けさ》に斬り込むのだという。

「そのさい、己の身を捨て、敵の鎧をも斬り裂くよう、渾身《こんしん》の力を込めて振り下ろすのだそうです。……つまり、真剣勝負のおり、死を恐れずに身を捨てて斬り込め、という心の持ちようの教えでもあるわけです」

「まさに、それだ!」

源九郎は、大内が真っ向から斬り込んできたことを思い出した。しかも、それが鎧をも斬り割るような剛剣だったのである。

「だが、真っ向か袈裟にくると分かっていたら、受けやすいではないか」

菅井がつぶやくような声で言った。

「いや、それが、ちがう。……鎧斬りの恐ろしさは、分かっていても受けられないところにある」

源九郎が、迂闊《うかつ》に受けると、受けた刀ごと押し下げられて頭を割られる恐れがあることを話した。

「かわすか、逃げるしかないのか……」

菅井が言った。

「受け流す手もあるが、かわした方がいいな」

上段から真っ向への斬撃を受け流すのは、むずかしい、と源九郎はみていた。

「うむ……。となると、間合か」

菅井が、目をひからせて言った。剣客らしいけわしい顔である。

そんなやりとりをしているうちに、源九郎たちは長屋に帰ってきた。

「われらは、これで」

山本が源九郎たちにちいさく頭を下げて、家のある方へ足をむけた。松之助も、源九郎たちに頭を下げてから山本の後についていった。

するると、菅井が源九郎に身を寄せ、

「華町、夕めしにはすこし早いな」

と言って、源九郎を上目遣いに見た。

「これから炊くつもりだ」

「炊かんでいい。朝めしを余分に炊いておいたのでな、夕めしの分もあるのだ」

「わしの分もか」

源九郎は足をとめて菅井に目をやった。

「そうだ。握りめしを食いながら、将棋はどうだ」

「また、将棋か」

「他にやることがあるのか」

「ないが……」

将棋には気乗りしなかったが、めしを炊くのも面倒なので、握りめしで間に合わせよう、と源九郎は思った。

ふたりが、源九郎の家の座敷に腰を落ち着け、握りめしを頬張りながら将棋を指し始めたとき、腰高障子があいて茂次と孫六が入ってきた。

「いまごろ、将棋ですかい」

茂次が呆《あき》れたような顔をして言った。

「これからが、いいところだ。……おまえたちこそ、今時分何の用だ」

菅井が、将棋盤を睨むように見すえて訊いた。

「ちょいと、気になることがありやしてね。旦那方の耳に入れておきてえと思って来たんでさァ」

めずらしく、孫六が顔をひきしめて言った。

「まァ、上がれ」

源九郎が、孫六と茂次に声をかけた。

茂次と孫六は座敷に上がると、将棋盤の両側に分かれて膝を折った。

「それで、気になることとは、なんだ」

源九郎が、あらためて訊いた。

「妙なやろうが、長屋を嗅ぎまわっているようなんでさァ」

茂次が言った。

「妙なやろうとは？」

源九郎が将棋盤から目を離して訊いた。

「二本差しですがね。長屋の連中に声をかけて、山本の旦那や華町の旦那のことをあれこれ訊いてたらしいんでさァ」

茂次が話したことによると、その武士は、網代笠《あじろがさ》をかぶり、小袖にたっつけ袴で二刀を帯びていたという。長屋の路地木戸近くに立っていて、話の聞けそうな長屋の住人をつかまえ、山本だけでなく源九郎と菅井のことも訊いていたそうだ。

「大内たち一味だ！」

思わず、源九郎が声を上げた。

山本と松之助を討つために、長屋の様子を探っていたのではあるまいか。とすれば、長屋に踏み込んでくるかもしれない。

源九郎は、平井勘右衛門が長屋に来たおり、話していたことを思い出した。平井は、大内たちが山本たちの命を狙って、長屋に踏み込んでくるかもしれない、と口にした。そして、平井は源九郎に山本たちを守ってくれとも言ったのだ。

「このままにしておけんな。何か手を打たねば……」

源九郎がそうつぶやいたとき、

「華町、早く打て」

ふいに、菅井が言った。

「だから、その手を考えておる」

「何を言っている。将棋だ、将棋！」

菅井が苛立《いらだ》ったような声で言った。

「菅井、将棋どころではないだろう。……このまま手をこまねいていて、山本どのと松之助が、大内たちに討たれたらどうするのだ。平井どのからもらった金は、そっくり返さねばならなくなるぞ」

「それは、まずいな。おれは、だいぶ使ってしまった」

菅井が、将棋盤から目を離して言った。

「ならば、山本どのたちをどうやって守るか、考えろ」

「うむ……」

菅井が、難しい顔をして考え始めた。

「……いまのところ、わしや菅井が長屋にいて、山本どのたちを守るしかないな」

大内たちの居所が知れれば、島倉たちとともに大内たちを討つなり捕らえるなりできるが、それまでは、襲撃に備えるしかない、と源九郎は思った。

「おれは、華町や山本どのたちと長屋にいてもいいぞ」

菅井は、三人で好きなだけ将棋が指せる、とつぶやいて、ニンマリした。

「菅井、大内たちが長屋に踏み込んでくるとしても、暗くなってからだぞ。……日中は、これまでどおりだ」

源九郎は、将棋も雨の日ぐらいだな、と言って、釘を刺しておいた。

「旦那、あっしらは、どうしやす」

茂次が訊いた。

「茂次と孫六に、頼みがある。……三太郎と平太にも話して、長屋の路地木戸近くに目を配ってくれないか。そして、うろんな武士を見かけたら、わしか菅井に知らせてくれ」

大内たちは、襲撃前に山本と松之助が長屋にいるかどうか探るはずである、襲撃を事前に察知できれば、こちらにも打つ手がある、と源九郎は思った。

「承知しやした」

茂次と孫六は、腰を上げた。

茂次たちが戸口から出て行くと、

「華町、将棋をやる気は失《う》せたろうな」

菅井が、力のない声で訊いた。

「また、明日にしよう」

「仕方がない」

菅井は、諦めたような顔をして駒を木箱に入れ始めた。

二

「孫六、そろそろ長屋に帰るか」

菅井が孫六に声をかけた。

亀楽の飯台を前にして、菅井、孫六、平太の三人が、酒を飲んでいた。平太は酒を切り上げ、菜めしを食っていた。母親のおしずが店を手伝っていることもあって、亀楽ではあまり酒を飲まなかったのだ。

まだ、暮れ六ツ（午後六時）の鐘は鳴らなかったが、店内は薄暗かった。曇っているせいであろうか。鬱陶《うっとう》しいような闇が、店内をおおっている。

「旦那、まだ早《はえ》えや」

孫六が、猪口《ちょく》を手にしたまま言った。だいぶ、顔が赤くなっている。

菅井は昼過ぎまで長屋にいたが、一杯やろうと思って亀楽に来ると、孫六が平太を連れて来ていたのだ。

ふたりは、めしを食いに来たらしいが、孫六は菅井の顔を見ると、

「菅井の旦那が来たんじゃァ、一杯やるか」

そう言って、いっしょに飲み始めたのである。

「孫六、暗くなるまでここにいて、大内たちが長屋に押し入ってきたらどうするのだ。……山本どのと松之助が斬られでもしたら、華町や茂次たちに合わせる顔はないし、もらった金は返さねばならんぞ」

「そいつは、まずい」

孫六は手にした猪口の酒を、グビグビと喉を鳴らして飲み干し、

「旦那、帰《けえ》りやしょう」

と言って、立ち上がった。

菅井が元造に銭を払い、三人は亀楽から出た。

店の外は、夕暮れ時のように薄暗かった。人影もすくなく、ときおり仕事帰りの職人や大工などが足早に通り過ぎていくだけである。

菅井たち三人は、亀楽を出て三町ほど歩いた。その辺りは路地沿いに店がなく、何軒かの仕舞屋《しもたや》があるだけで、あとは雑草におおわれた空き地や笹藪《ささやぶ》になっていた。

ふいに、空き地の隅の笹藪がザザザッと音をたてて揺れ、人影が飛び出してきた。三人である。いずれも武士だった。腰に大小をおびている。大内源之助と昭島重次郎、もうひとりは江川達之助《えがわたつのすけ》という名で、一ツ目橋のたもと近くで山本松之助を襲った三人のなかのひとりである。

「大内だ！」

菅井が叫んだ。菅井は、大内を知っていた。一ツ目橋の近くで、立ち合っていたのである。

孫六と平太は恐怖に目を剝《む》き、凍りついたようにつっ立った。

……太刀打ちできない！

すぐに、菅井は察知した。相手は、武士が三人である。しかも、三人とも腕が立つ。

「逃げるぞ！」

菅井は反転し、亀楽の方にむかって走りだした。

孫六と平太も、菅井につづいて走った。平太は、すっとび平太と呼ばれるほどの駿足《しゅんそく》だったが、孫六は老齢の上に左足がすこし不自由なこともあって、走るのは苦手だった。

背後から走ってくる三人の足は速かった。

菅井たちの背後で聞こえる三人の足音が、しだいに大きくなってきた。

そのとき、菅井は左手に狭い路地があるのを目にした。その路地をたどれば、すこし遠回りになるが、はぐれ長屋へ行けるはずである。路地沿いには小体《こてい》な店や仕舞屋などが軒を連ねていた。多くの店は店仕舞いし、表戸をしめている。

「路地に入るぞ！」

走りながら、菅井が怒鳴った。

平太、菅井、孫六の順に路地に飛び込んだ。半町ほど行くと、三人の武士の足音が背後に聞こえた。かなり迫っている。それに、孫六が苦しげな喘《あえ》ぎ声を上げ、足がよたよたしてきた。

菅井は、このままでは三人とも殺される、とみた。

「平太、長屋へつっ走れ！」

菅井が怒鳴った。

「……！」

平太は、振り返って戸惑うような顔をした。菅井と孫六を残して、自分だけ逃げるわけにはいかないと思ったようだ。

「華町たちを呼んでこい！」

「へ、へい！」

平太が必死の顔付きで走りだした。

迅《はや》い。さすが、すっとび平太と呼ばれるだけはある。平太の後ろ姿が、見る見る路地の先にちいさくなっていく。

菅井は足をとめた。これ以上逃げると、孫六を見殺しにすることになる。

菅井は孫六のそばにもどると、

「孫六、おれの後ろにまわれ！」

と声をかけ、追ってくる三人の武士の方へ体をむけた。

幸い、路地は狭かった。なかほどに立てば、後ろにまわられて取りかこまれることはないだろう。

菅井は仕舞屋をかこった板塀を背にして立った。孫六は菅井の後ろにまわり、板塀に身を寄せた。孫六は懐から十手を取り出すと、身をかがめるようにして身構えた。十手はすこし錆《さ》びていた。岡っ引きだったころ、使っていた物である。

バラバラと、大内たちが駆け寄ってきた。菅井に相対したのは、大内だった。

右手に昭島、左手に江川がまわり込んだ。

「菅井、命はもらったぞ」

言いざま、大内が抜刀した。

菅井は右手を刀の柄《つか》に添え、居合腰に沈めて抜刀体勢をとった。

ふたりの間合は、およそ三間半――。まだ、斬撃の間境の外である。

昭島と江川も刀を抜き、八相と青眼に構えた。ただ、ふたりは菅井からすこし間をとっていた。板塀が邪魔なせいもあったが、大内と菅井の闘いぶりを見てから斬り込むつもりらしい。

大内は八相に構えた。両肘を高くとり、刀身を垂直に立てた大きな構えである。その大柄な体とあいまって、上から覆いかぶさってくるような威圧感があった。

……鎧斬りか！

菅井が、胸の内でつぶやいた。

菅井の細い目が、切っ先のようにひかっていた。獲物に飛びかかる寸前の野獣のような顔付きである。

菅井は居合の抜刀体勢をとったまま、すこしずつ左手に動いた。源九郎たちが駆け付けるまでの時間を稼ぐためである。

菅井の動きに合わせるように、大内たち三人も動いた。孫六も、十手を構えたまま菅井の動きに合わせている。

三

平太は人影のない路地を懸命に走った。

はぐれ長屋は、そう遠くない。路地を数町走ると、前方にはぐれ長屋の路地木戸が見えてきた。どんよりとした夕闇のなかに、妙にくっきりと見えた。

平太は、路地木戸から駆け込んだ。いっときも早く源九郎に知らせ、菅井と孫六を助けにもどらなければならない。

源九郎の家の戸口から淡い灯《ひ》の色が洩《も》れていた。源九郎は、家にいるらしい。

「華町の旦那ァ！」

平太は腰高障子をあけはなって、土間に飛び込んだ。

家のなかに、煙が立ち込めていた。

源九郎は、土間の隅の竃《へっつい》に火を焚《た》き付けたところだった。久し振りに、めしを炊くつもりだったのである。

「平太、どうした」

源九郎が立ち上がって訊いた。煙いらしく、目をしょぼしょぼさせている。

「す、菅井の旦那と、孫六親分があぶねえ!」

平太が、荒い息を吐きながら叫んだ。顔が紅潮し、目がつり上がっている。

「どこだ!」

源九郎は、菅井と孫六が何者かに襲われていると察知した。おそらく、大内たちであろう。

「亀楽の近くの路地で」

「相手は何人だ」

「三人――」

「平太、山本どのと茂次たちにも知らせろ」

相手が大内たち三人では、源九郎がくわわっただけでは、後れをとるかもしれない。源九郎は、山本や茂次たちの手を借りたいと思った。

「わしは、先に行くぞ!」

「へい!」

先に、平太が飛び出した。

源九郎は、竈に目をやった。煙は出ていたが、火事になる恐れはなかった。源九郎は座敷の隅に置いてあった刀をひっ摑《つか》み、戸口から飛び出した。

源九郎は懸命に走った。一刻を争う。こうしている間も、菅井と孫六は敵刃にさらされているのだ。


そのとき、まだ菅井と大内は対峙《たいじ》していた。ふたりの間合いは、一足一刀の斬撃の間境まで迫っていた。菅井は動けなかった。左手にいた江川が斬撃の気配を見せて、菅井が左手へ動くのをとめたのである。

大内は趾《あしゆび》を這《は》うようにさせて、ジリジリと間合をつめてきた。対する菅井は動かずに大内との間合を読み、抜刀の機をうかがっていた。

ふたりの全身に気勢がみなぎり、斬撃の気配が高まってきた。

路地には、そよという風もなかった。時のとまったような静寂《しじま》のなかで、痺《しび》れるような剣気と緊張がふたりをつつんでいる。

……大内の鎧斬りは、受けられぬ！

菅井は、一寸の差で、大内の切っ先をかわさねばならないと思った。

大内が斬撃の間境まで半歩のところに迫った。刹那《せつな》、菅井の肩先がピクッと動いた。抜刀の気配を見せたのである。

と、大内の全身に斬撃の気がはしり、一瞬、その体が膨れ上がったように見えた。

……くる！

察知した菅井は、右手に踏み込みざま抜き付けた。

シャッ、という菅井の刀身の鞘走る音と同時に、イヤアッ！　という大内の裂帛《れっぱく》の気合がひびき、体が躍った。

刹那、菅井の切っ先が逆袈裟にはしり、大内の刀身が刃唸《はうな》りをたてて真っ向に振り下ろされた。

菅井の切っ先が大内の着物の脇腹を切り裂き、大内の刀身は菅井の左肩の一寸先の空を切って流れた。

次の瞬間、大内は大きく背後に跳んだ。大柄だが、動きは俊敏である。

大内の着物の脇腹が横に裂けていたが、血の色はなかった。菅井が抜刀の瞬間、右手に踏み込んだため、わずかに切っ先がとどかなかったのである。

一方、菅井は無傷だった。右手に踏み込むことで、大内の斬撃をかわしたのである。

「やるな」

大内がつぶやいた。

顔が赭黒《あかぐろ》く染まり、双眸《そうぼう》が炯々《けいけい》とひかっている。すでに、大内は八相に構え、いつでも、斬り込める体勢をとっていた。

「……！」

菅井は刀の切っ先を後ろにむけ、脇構えにとった。大内がすばやく斬撃体勢をとったので、納刀する間がなかったのである。

「居合が抜いたか」

大内の口元に薄笑いが浮いた。居合は抜刀してしまえば、その威力を発揮することができない。

「おれの居合は、抜くだけではない！」

菅井は、脇構えにとったまま腰を沈めた。脇構えから居合の抜刀の呼吸で、斬り上げるのである。ただ、居合ほどの威力はない。

大内が、ジリジリと間合を狭めてきた。すると、左手にいた江川も間合をつめてきた。左手に菅井を逃がさないためである。

大内と菅井の間合が、一足一刀の間境に迫ってきたときだった。

路地の先で、「菅井！」という叫び声がした。かすかに、足音も聞こえる。

「華町の旦那だ！」

孫六が声を上げた。

源九郎が走ってくる。よたよたしていた。だいぶ、苦しげである。

「華町だ！」

江川が、源九郎に目をやりながら叫んだ。

「ひとりか？」

大内が一歩下がり、菅井との間合をとってから訊いた。

「ひとりだ」

「返り討ちにしてくれよう。……江川、昭島、ふたりで華町を仕留めろ！」

大内は、源九郎ひとりなら勝てると踏んだようだ。

「承知！」

江川と昭島は菅井のそばから離れ、駆け寄ってくる源九郎に体をむけた。

源九郎が、近付いてきた。乱れた足音と、苦しげな息の音が聞こえる。走りづめで来たせいで、息が上がっているらしい。

「後ろからも来た！」

江川が叫んだ。

源九郎の後に、数人の人影が見えた。こちらに走ってくる。平太、山本、松之助、茂次、三太郎の五人だった。平太が長屋をまわり、菅井と孫六があやういことを知らせたのである。

「大勢だ！　山本もいるぞ」

昭島が、昂《たかぶ》った声で言った。

大内はさらに後じさり、菅井との間をとってから、路地の先に目をやった。源九郎は荒い息の音が聞こえるほど近付いていた。後ろの五人の姿も大きくなり、走り寄る足音が路地にひびいていた。

「ひ、引け！」

大内が声を上げ、反転した。源九郎だけでなく、大勢が相手では不利とみたようだ。

昭島と江川も後じさり、間をとってから駆けだした。

……助かった！

菅井が胸の内で言った。

三人の姿が、その場から遠ざかったところへ、源九郎が駆け付けた。

「ま、間に合ったな」

源九郎が、ハア、ハア、と荒い息を吐きながら言った。顔が引き攣《つ》ったようにゆがみ、体が顫《ふる》えていた。だいぶ、苦しそうである。

「華町、そのざまでは、闘えないぞ」

菅井が呆れたような顔をして言った。

「と、歳だ……。は、走ると、すぐ息が上がって……。苦しい」

源九郎は屈み込み、両手で膝頭をつかんで、荒い息を吐いている。

「大内たちが長屋を探っていたのは、山本どのたちだけでなく、おれたちも斬るつもりだったからだ」

菅井がけわしい顔で言った。

「そ、そのようだ……」

菅井の言うとおりだ、と源九郎も思った。大内たちは、源九郎や菅井も狙っていたにちがいない。

ふたりで、そんなやり取りをしているところに、山本や茂次たちが駆け寄ってきた。男たちのなかから、「大内たちは、逃げたぞ!」「よかった」「ふたりとも無事だ!」などという声が聞こえた。菅井と孫六が、無傷であるのを目にしたようだ。

四

朝から、菅井が将棋盤と飯櫃《めしびつ》に入れた握りめしを持って、源九郎の家へやってきた。雨が降っていたわけではないが、ちかごろ菅井は居合の見世物に行かないので、やることがないようだ。

源九郎も、懐が暖かいこともあって傘張りの仕事をする気がなく、菅井に付き合ってやることにした。

ふたりが将棋を指し始めて、半刻（一時間）ほどしたとき、腰高障子があいて、松之助が姿を見せた。

「華町さま、菅井さま、家に来ていただけませんか」

松之助が丁寧な物言いで、島倉、京塚、宇津木の三人が来ていることを言い添えた。

「分かった。すぐ、行く」

源九郎はすぐに立ったが、菅井は恨めしそうな顔をし、

「いいところなのにな」

と言って、将棋盤を見つめている。

「菅井、将棋盤はこのままにしてな、島倉どのたちとの話が終わったら、ここにもどって将棋をつづけたらどうだ」

源九郎が提案した。

「それはいい」

菅井は、ニヤリとして立ち上がった。

源九郎と菅井は、松之助につづいて戸口から出た。

山本の家の座敷に、島倉、京塚、宇津木の三人が座していた。山本は土間の隅の流し場で茶を淹《い》れようとしていた。急須と湯飲みを盆に載せている。

山本は片襷《かただすき》をかけ、袴の股だちをとっていた。山本は炊事や洗濯も自分でしているらしいが、そのときも同じ格好をしているのだろう。

「華町どの、菅井どの、茶を淹れましょう」

山本が、照れたような顔をして言った。

「いや、わしらはいい。わしの部屋で、茶を飲んできたところだ」

源九郎が言った。菅井と将棋を指しながら握りめしを食っていたが、茶も淹れたのである。

源九郎たちが、座敷に膝を折ると、

「ご足労をおかけします」

島倉が言い、座敷にいたふたりもいっしょに頭を下げた。

「山本どの、茶は後にしてくれ」

島倉が言うと、山本は茶を淹れずに座敷に来て松之助と並んで座した。片襷ははずしている。

「いま、山本どのから聞いたのだが、菅井どのは大内たちに襲われたとか」

島倉が菅井に訊いた。

「そうなのだ。あやうく命を落とすところだったよ」

菅井は、亀楽からの帰りに、大内たち三人に襲われたときの様子をかいつまんで話した。

「他のふたりは？」

島倉が、大内以外のふたりの名を訊いた。

「江川と昭島らしい」

菅井は、大内が口にしたふたりの名を聞いていたのだ。

「江川達之助か」

島倉がけわしい顔をしてうなずいた。島倉によると、江川も杉永と同じ江戸勤番の先手組だという。

「江川と杉永は、大内が江戸の先手組物頭をしていたころからつながりがあったのかもしれん」

島倉が言い添えた。

「そういうことか」

源九郎は、大内と江戸勤番の江川、杉永とのつながりが分かった。

「これで、大内たちと行動を共にしている者たちが、だいぶ知れてきたな」

島倉が、あらためて男たちの名を口にした。

国許から出奔したのは、大内源之助、昭島重次郎、田之倉洋之助の三人である。また、竪川沿いで山本たちを襲ったのは、大内を除くと、江川達之助と杉永弥一郎だった。都合五人だが、すでに、田之倉は捕らえてある。

残っているのは大内、昭島、江川、杉永の四人だが、御留守居役の森元が陰で糸を引いているとすれば、それだけではないだろう。森元の配下もいるとみなければならない。

「その大内たちだがな、初めから菅井を狙っていたようだぞ。わしや菅井が、山本どのたちに味方していると知って、先にわしらを始末しようと考えたのかもしれんな」

　源九郎が言った。

「それがしと松之助のために、申し訳ござらぬ」

　山本が言うと、松之助が殊勝な顔をして頭を下げた。

「いや、山本どのたちは、長屋の住人だからな。……困ったときは、助け合うのが、あたりまえだ」

　源九郎は、大金をもらっているので、そのくらいの覚悟はできていると言おうとしたが、金のことは口にしなかった。

「ところで、島倉どのたちは？……何か知らせることがあって、長屋に来たのではないのか」

　源九郎が、あらためて訊いた。

「そうなのだ。杉永の居所が知れたので、華町どのたちの耳にも入れておこうと思い、長屋にうかがったのだ」

「どこだ？」

　菅井が訊いた。

「杉永は、大竹の町宿を出た後、菊川彦之助の住家に身をひそめていたようだ」

島倉によると、菊川の住家も藩邸ではなく町宿だという。

「菊川か」

源九郎は、すでに山本から菊川のことを聞いていた。島倉によると、田之倉の自白から、大内が御使番の菊川と会って、御留守居役の森元からの指示を受けていたことが分かったという。

……菊川も、敵のひとりとみねばならないな。

源九郎は、大内たち四人に菊川もくわえた。

「それで、杉永をどうする気だ」

菅井が訊いた。

「田之倉と同じように捕らえて訊問《じんもん》するつもりだが、懸念がある」

「懸念とは？」

「田之倉は国許から出奔した身なので、捕らえて吟味していることが森元に知れても、森元はわれらに口出しできなかった。だが、杉永は江戸勤番の先手組なのだ。確かな罪状もないのに捕らえ、藩邸に連れていって吟味すれば、森元は黙っていないだろう。……あらぬことを捏造《ねつぞう》し、われら目付の非を国許の殿に訴えるかもしれない。そうなれば、殿がご判断なされるまで、しばらくの間、大内や江川にも手が出せなくなるし、森元や国許の戸川も追及できなくなる恐れがある。……その間に、森元や戸川はさらなる手を打ってくるかもしれん」

島倉が顔をけわしくして言った。

「山本どのたちの敵討ちは、どうなる」

菅井が訊いた。

「それも、むずかしくなるな」

「うむ……」

菅井が渋い顔をして口をつぐんだ。

「他にも、懸念がある」

島倉が、源九郎と菅井に目をむけて言った。

「菊川は、森元の直属の御使番なのだ。……大竹のように斬ることはできないし、縄をかけることもむずかしい。かといって、その場にいる菊川を見逃せば、われらのことをことさら悪く言いたてるだろう」

島倉によると、大竹は出奔した田之倉を匿《かくま》い、事情を聞こうとした島倉たちに抵抗したので、やむなく斬ったことにしてあるそうだ。その大竹のことさえ、森元は問題にし、大目付の平井を殿に訴えるとほのめかしているという。

「いったい、どうする気だ」

菅井が苛立ったような声で言った。

「平井さまに事情を話したところ、ひそかに杉永と菊川を捕らえたらどうかとおおせられたのだ。……杉永と菊川を吟味すれば、森元が此度《こたび》の件にどうかかわっているか、はっきりすると平井さまはみておられる」

「そうかもしれんな」

源九郎も、杉永と菊川なら事情を知っているのではないかと思った。

「杉永と菊川を捕らえるのはいいのだが、困ったことがあってな」

島倉が眉を寄せた。

「困ったこととは？」

「捕らえたふたりを、監禁しておく場所がないのだ」

「それで？」

源九郎が、話の先をうながした。

「長屋を貸してもらうわけにはいくまいか」

「この長屋をか」

思わず、源九郎が聞き返した。

菅井も、驚いたような顔をして島倉を見つめている。

「空いている部屋があれば の話だが……」

島倉が語尾を濁した。厚かましい申し出と思ったようだ。

「空いている部屋はあるが……」

山本たちの住む棟の端の部屋が空いていた。大家の伝兵衛に話せば、短期間なら使わせてもらえるだろう。

「そこを、杉永たちの訊問が済むまで使わせてもらえないかな。むろん、相応の礼はするつもりだ」

島倉が言うと、そばに座していた京塚が、

「お頼みします」

と言い、宇津木といっしょに頭を下げた。

「分かった。大家に話してみよう」

長屋なら、大内や森元にも気付かれないかもしれない、と源九郎も思った。

それから、島倉たち三人は、源九郎たちと杉永と菊川を捕らえる手筈《てはず》を相談してから腰を上げた。

島倉たちが戸口から出ていった後、山本が浮かぬ顔をしていたので、

「山本どの、何か懸念があるのか」

と、源九郎が訊いた。

「いや、長屋に捕らえた杉永と菊川を監禁するのは、いいのだが、長屋の者たちが藩の騒動に巻き込まれはしないかと思って……」

山本が不安そうな顔をして言った。

「わしらから、長屋の者たちに手を出すなと話しておこう。……なに、心配することはない。前にもな、似たようなことがあったのだ」

以前、源九郎たちが事件に巻き込まれたとき、下手人と思われる男を長屋に監禁して吟味したことがあった。

「長屋の者に、何もなければいいのだが……」

山本の顔には、まだ懸念の色があった。

五

「あれが、菊川の住む家です」

京塚が、斜向《はす》かいにある仕舞屋を指差して言った。

源九郎たちは、芝の神明町《しんめいちょう》に来ていた。神明町は増上寺の門前にあたり、東海道沿いにひろがっている。

源九郎たちがいるのは、東海道から西に細い路地を三町ほど入ったところだった。寂しい路地で、小体な店もあったが、仕舞屋、空き地、せまい野菜畑などが目についた。

源九郎、菅井、島倉、京塚、山本、それに政造《まさぞう》という男の姿があった。政造は平井に仕えている小者で、若いころ船頭の経験があることから、船頭役として連れてきたのである。

島倉たちは、菊川と杉永を捕らえた後、はぐれ長屋まで舟で連れていくことにしていた。島倉が調達した舟が、新堀川の船寄せに繋《つな》いであった。新堀川は増上寺の南側を流れている川である。

「菊川と杉永は、家にいるかな」

島倉が訊いた。

「宇津木を連れてきます」

そう言い残し、京塚が足早にその場を離れた。

昼前から、宇津木が菊川の住む仕舞屋を見張っていたのだ。

すでに、暮れ六ツ（午後六時）は過ぎていた。陽は家並のむこうに沈み、辺りは淡い夕闇につつまれている。

源九郎たちが路地の樹陰で待つと、京塚が宇津木を連れてもどってきた。

「どうだ、菊川と杉永はいるか」

すぐに、島倉が訊いた。

「ふたりともいます」

宇津木によると、ふたりは七ツ（午後四時）ごろ仕舞屋にもどり、そのまま家から出てこないという。

「裏手に出られるか」

島倉が宇津木に訊いた。

「背戸があります」

「念のため、京塚と山本どのは、裏手へまわってくれ」

「承知した」

すぐに、山本が応えた。

「行くぞ」

島倉たちは、仕舞屋の戸口にむかった。

家の前まで来ると、京塚と山本は家の脇を通って裏手にまわった。背戸からの逃走を防ぐためである。

宇津木が戸口の板戸に手をかけて引くと、すぐにあいた。まだ、戸締まりはしていなかったらしい。

島倉、源九郎、菅井、宇津木の四人が、次々に土間に踏み込んだ。土間の先は座敷になっていて、そこにふたりの男が座していた。

「し、島倉か！」

ずんぐりした体軀《たいく》の男が、ひき攣ったような声を上げた。杉永である。もうひとりは瘦身の武士だが、菊川であろう。

ふたりの膝先に、湯飲みが置いてあった。茶を飲みながら、何か話していたらしい。

「杉永、菊川、ふたりに訊きたいことがある。われらと、同行してもらいたい」

島倉が強い口調で言った。

「われらを捕らえようというのか！　殿の沙汰が、あったのか。いかに目付でも殿の沙汰がなければ、われらを捕らえることはできんはずだぞ」

菊川が立ち上がり、甲走った声で言った。

杉永も脇にあった刀を手にして立ち上がり、抜刀の構えをとった。顔がこわばり、目がつり上がっている。

「手荒なことをするつもりはない。話を聞かせてもらうだけだ」

「断ったら、どうする」

「何としても、われらといっしょに来てもらう」

島倉の声には、有無を言わせぬ強いひびきがあった。

「なに！」

杉永が刀を抜こうとした。

「抜けば斬るぞ！」

島倉が声を上げた。

すると、土間にいた菅井が居合の抜刀体勢をとり、源九郎と宇津木も抜く構えを見せた。

「うぬらが逆上し、刀をふりまわしたので、やむなく斬ったことにすればいいのだ」

「……！」

杉永が刀の柄を右手で握ったまま動きをとめた。菅井や源九郎が相手では、切り抜けられないとみたようだ。

「こんなところで、犬死にすることもあるまい」

島倉が声をやわらげて言った。

「おのれ……」

杉永の顔が、無念そうにゆがんだ。急に体から力が抜け、柄を握っていた右手を垂らした。抵抗する気が失せたらしい。

島倉と宇津木が先に座敷に上がり、源九郎と菅井がつづいた。

「宇津木、念のためだ。ふたりの手を縛ってくれ」

島倉が言うと、宇津木が用意した細引を懐から出して、杉永と菊川の両手を後ろにとって縛った。

杉永と菊川は、屈辱に耐えるように顔をしかめただけで抵抗しなかった。

島倉たちはふたりを戸口から外に連れ出し、裏手にまわった山本と京塚を呼んだ。そして、戸口近くで待っていた政造を連れて、舟のとめてある新堀川にむかった。

辺りは夜陰につつまれていたが、それでも東海道には人影があった。

島倉たちは、東海道を使わずに脇道をたどって新堀川まで行き、杉永と菊川を船寄せに繋いであった舟に乗せた。

舟は江戸湊《えどみなと》に出た後、大川の河口から夜陰につつまれた川面を遡《さかのぼ》り、両国橋のたもとを左手におれて竪川に入った。

竪川に入って、一ツ目橋をくぐると、

「舟をとめやすぜ」

政造が声をかけた。

左手にちいさな桟橋があった。その桟橋から、竪川沿いの通りに出れば、はぐれ長屋はすぐである。

六

黴《かび》臭い座敷だった。畳は所々破れ、うっすらと埃《ほこり》が積もっていた。その座敷は、だれも住まなくなって半年以上経っている。

菅井と山本の家から持ってきた行灯《あんどん》が座敷の隅に置かれ、男たちを照らしていた。座敷には、源九郎、菅井、島倉、京塚、それに捕らえてきた杉永の姿があった。菊川の姿はなかった。別々に話を訊いた方がしゃべりやすいとみて、まず、杉永を訊問することにしたのである。

菊川は山本の家に連れていき、いまは山本が監視していた。また、宇津木と船頭の政造は、はぐれ長屋には同行せずに乗ってきた舟で帰した。

「縄は解こう」

島倉が杉永の手を縛った縄を解いた後、

「杉永、山本どののたちを襲ったのは、どういうわけだ」

と、切り出した。島倉は、言い逃れのできない事実から追及して話を聞き出すつもりのようだ。

源九郎と菅井は黙したまま座敷の隅に立っていた。この場は、島倉にまかせるつもりだった。

「おれは、お頭のお指図にしたがっただけだ」

杉永が、顔をしかめて言った。

「お頭とは、大内のことか」

「そうだ、大内さまが江戸におられたころ、おれのお頭だったのだ」

大内は、江戸勤番のおりも先手組物頭だった。杉永は大内の配下だったらしい。

「いまのお頭は、中村《なかむら》さまではないのか」

現在、江戸にいる先手組物頭は中村宗右衛門《そうえもん》である。

「そ、そうだが……。大内さまのお指図にも、従わねばならないのだ」

杉永が言いにくそうに声をつまらせた。従わねばならないようなことが、大内との間であったのかもしれない。

島倉は腑に落ちないような顔をしたが、そのことは追及せず、

「杉永、おぬしは大内が山本どのの兄の佐之助どのを斬り殺し、国許から江戸へ逃げてきたのを知っているのか」

と、杉永を見すえて訊いた。

「知っている。……大内さまの話では、山本どのは大内さまが昵懇《じっこん》にされている戸川さまのことで、あらぬことを捏造して罪に陥れようとしたので、やむなく斬ったということだった」

杉永が声をつまらせて言った。杉永は言いにくそうな顔をしたが、隠さなかった。秘匿《ひとく》する気持ちはないのかもしれない。

「それを信じたのか」

「そのまま信じたわけではないが、御留守居役さまも、大内さまの後ろ盾《だて》になっているようだし、これは家中の騒動にちがいないと思ったのだ。山本どのを斬ったのも、対立している相手方との揉《も》め事のせいだと思い、むかし世話になったこ

ともあって、大内さまに従う気になったのだ」

「江川も、おぬしと同じ思いか」

島倉が訊いた。

「そのはずだ」

「うまく言い含められたようだな」

島倉が渋い顔をした。

「ところで、国許の戸川さまだがな、鳴瀬川の普請で不正をして大金を私腹したらしいが、おぬしは何か聞いていないか」

「聞いているのは、不正をしたらしいという噂だけだ。他のことは聞いていない」

杉永が、他人事《ひとごと》のような物言いで答えた。

「ところで、大内はどこに身をひそめている」

島倉が、声をあらためて訊いた。

「知らぬ。……隠しているわけではないぞ。大内どのは、おれたちにも居所を知らせなかったからな」

「昭島は？」

「昭島どのの居所も知らないが、大内どのといっしょかもしれない」

「そうか。……おぬしには、また話を聞かせてもらうかもしれんぞ」

島倉が言った。

源九郎と菅井は、島倉が訊問している間、口をはさまなかった。垣崎藩内の騒動のことなので、源九郎たちにはかかわりがなかったのである。

杉永につづいて、菊川を連れてきた。

菊川は杉永とちがって、口をひき結び、島倉の訊問に答えようとしなかった。それでも、杉永と先に捕らえた田之倉がしゃべっていることを知ると、己に直接罪が降り懸かってこないことには答えた。

島倉は、まず森元と国許の戸川のかかわりを訊いた。その結果、森元は以前から戸川と昵懇にしていて、何かあると連絡を取って協力し合っていたこと、さらに、此度の件でも、戸川から出府した大内たちの味方になって欲しいとの話があったことなどが知れた。

「おい、それだけか。御留守居役ともあろう者が、勘定方の者を斬って出奔した大内たちを、戸川と昵懇にしていたからという理由だけで、匿ったり配下の者を連絡役に使ったりするわけがないだろう」

島倉が語気を強くし、戸川を呼び捨てた。戸川の不正は、まちがいないとみたからであろう。

「そ、それは……」

菊川が顔をこわばらせた。

「相応の見返りがあったはずだな」

「……」

菊川は口をつぐんだ。

「金か、それとも、どこからか栄進の話でもあったのか」

「お、おれは、噂を聞いただけだが、いずれ、戸川さまはご城代に次ぐ家老になられるだろうとのことだ……」

「なに、次席家老だと！」

島倉が驚いたような顔をした。

城代家老に次ぐ家老とは、次席家老のことだった。普請奉行から次席家老になれば、大変な出世である。

島倉には、戸川がなぜ次席家老に栄進できるのか分からなかったが、鳴瀬川の普請で大金を私腹したとすれば、その金が猟官運動に使われたのではないか、と推測した。

「ならば、森元にも何か話があっただろう」

島倉は、森元も呼び捨てにした。

「いずれ、森元さまは江戸の家老に……」

菊川が小声で言った。

「江戸家老か」

森元も、御留守居役から江戸家老になれば大変な出世である。おそらく、森元が江戸家老になれば、配下の菊川や杉永にも見返りがあるだろう。菊川たちが森元にしたがっていたのは、将来の栄進を期待していたからかもしれない。

「そういうことか」

島倉は、森元や菊川たちが大内たちに味方した腹の内が見えたような気がした。

それから、島倉は大内の隠れ家を訊いたが、

「江川といっしょにいるはずだが、いまもいるかどうか分からない」

と、菊川は答えた。

「江川はどこにいる？」

島倉は、さらに訊いた。

「築地の上柳原町《かみやなぎはらちよう》だ」

菊川によると、森元がひそかに借りた借家が上柳原町にあり、大内と江川はそこに住んでいるという。ただ、大内は借家にはあまりもどらず、女郎屋に流連《いつづけ》たり、江戸にいたころ配下だった先手組の藩士の住む町宿に泊まったりすることが多いという。

「上柳原町の借家か」

島倉は、明日にも上柳原町へ行って確かめてみようと思った。

菊川の訊問が終わると、部屋のなかは仄白《ほのじろ》くなってきた。戸口の腰高障子も白んでいる。

そろそろ払暁らしい。長屋のどこかで、表戸をあける音が聞こえた。朝の早い家が、起きだしたようだ。

「わしらは、家にもどるぞ」

源九郎は島倉にそう言って、菅井とともに外に出た。

島倉たちも、山本の家に立ち寄って吟味の様子を話してからいったん藩邸へもどるはずである。

その日、島倉は藩邸にもどり、いっとき休んだだけで京塚と宇津木を連れて上柳原町にむかった。大内と江川の隠れ家である借家を探すためである。

上柳原町は西本願寺の東方にあり、それほどひろい町ではなかった。三人で手分けして探すと、日暮れ前にそれらしい借家が知れた。近所で訊くと、大内と江川らしい武士が住んでいると話したので、まちがいないだろう。

ただ、借家は留守だった。大内と江川は出かけているのだろう、と島倉は判断し、暗くなるまで張り込んでみたが、ふたりは姿を見せなかった。

島倉は、ひとまず京塚と宇津木を連れて藩邸にもどった。明日から、目付の者が交替して借家を見張り、大内と江川が借家にもどるのを待つことにしたのだ。

# 第四章　人　質

## 一

腰高障子の向こうで、長屋の者たちが騒いでいる声が聞こえた。源九郎の耳に、女たちの甲走った声や子供の叫び声、慌ただしそうな下駄《げた》の音、走りまわる草履《ぞうり》の音などが飛び込んできた。

五ツ半（午前九時）ごろだった。長屋の男たちの多くは仕事に出かけた後なので、女や子供の声が多いのだろう。

源九郎は片襷《かただすき》をかけ、流し場に立っていた。めずらしく朝めしの支度をして食べた後、流し場で洗い物をしていたのである。

そのとき、戸口に駆け寄る下駄の音がし、

「旦那！　華町の旦那！」

と、呼ぶお熊の上ずった声が聞こえた。

「いるぞ」

源九郎が声をかけると、すぐに腰高障子があいて、お熊が顔を出した。

「た、大変だよ！　豊《とよ》さんと政吉《まさきち》さんが」

お熊が源九郎の顔を見るなり、声を上げた。

「大工の豊助《とよすけ》か」

お熊が口にしたのは、長屋に住む手間賃稼ぎの豊助と左官の政吉であろう。

「そ、そうだよ。ふたりが、怪我をして転がり込んできたんだ。……長屋のみんなが集まってるよ」

お熊が、目を剝《む》いて言った。

「どこにいる」

酔って喧嘩でもしたのだろうか。それにしては、すこし早過ぎる。ふたりが、朝から酒を飲んでいたとも思えない。

「井戸端だよ」

「行ってみるか」

源九郎は戸口から出た。お熊が下駄を鳴らしてついてきた。

井戸端に、長屋の連中が大勢集まっていた。女子供が多かったが、菅井と孫六、それに山本と松之助の姿もあった。どの顔にも、驚きと心配そうな色がある。内輪の喧嘩ではないようだ。

源九郎が人だかりの後ろへ行くと、日傭《ひよう》取りの女房のおまつが、

「華町の旦那だよ。そこを、あけてやって」

と、大声を上げた。

すると、前にいた何人かが左右に分かれて道をあけてくれた。

井戸端に、豊助と政吉がへたり込んでいた。ふたりとも、ひどい姿をしていた。唇が切れて血が流れ、瞼が腫《は》れ上がり、額に青痣《あおあざ》ができていた。豊助は元結が切れてざんばら髪で、政吉は片袖が裂けて垂れ下がっている。ふたりは、竹や棒のような物で打擲《ちようちやく》されたようだ。ただ、命にかかわるような大きな傷はないらしい。

政吉のそばには、女房のおとしがひき攣《つ》ったような顔をして屈み込んでいた。

豊助の女房のお竹《たけ》は涙ぐみながら、汚れた手ぬぐいで亭主の額の血を拭いてやっている。

「どうしたのだ?」

源九郎が、ふたりのそばに屈み込んで訊《き》いた。

「い、いきなり、三人の二本差が、あっしらふたりを稲荷の境内にひっぱり込んで……」

政吉が、うわずった声で言った。

「だれか、分かるか」

源九郎が訊いた。

「分からねえ。……そいつら、長屋のことをいろいろ訊きやしてね。……しゃべらねえと、青竹でたたきゃァがって」

豊助が声を震わせてしゃべった。

ふたりが交互に話したことによると、政吉と豊助の今日の仕事場は深川の海辺《うみべ》大工町《だいくちょう》だったので、竪川にかかる一ツ目橋を渡り、大川端を川下にむかったという。

ふたりは小名木川にかかる万年橋を渡り、小名木川沿いの道を左手におれて海辺大工町に入った。そして、二町ほど歩いたとき、後ろからついてきた三人の武士が駆け寄って、ふたりに、「伝兵衛長屋の者だな」と訊いた後、通り沿いにあった稲荷の境内に連れ込んだという。

「その三人だが、どんな格好をしていた」

「羽織と袴姿で、大小を差していやした」

「やはり、牢人ではないな。……それで、何を訊かれたのだ」

「長屋のことをいろいろ訊かれやした。山本さまや手習いのこと、華町の旦那や菅井の旦那のことも……」

豊助が言い終えると、すぐに、政吉が、

「あっしは、どこからか連れてきた侍を長屋に閉じ込めてねえか、訊かれやした。……あっしは、しゃべらねえつもりだったんだが、青竹で殴られてつい、しゃべっちまったんでさァ」

と言って、首をすくめた。

「……！」

大内たちだ、と源九郎は察知した。長屋を探ったのである。杉永と菊川が監禁されていることも、知ったようだ。

源九郎が口をつぐんで黙考していると、

「うちの亭主を、家へ連れてってもいいかい」

と、おとしが戸惑うような顔をして訊いた。

「おお、そうだ。……すぐに、家へ連れていき、休ませてやってくれ。……傷口を洗って、殴られたところを冷やしてやるといいだろう」

源九郎は立ち上がり、そばにいた女房連中におとしとお竹に手を貸してやるように声をかけると、お熊をはじめ数人の女房が、政吉と豊助のまわりに集まった。

政吉と豊助は照れたような顔をして立ち上がると、ふらふらしながら歩きだした。お熊たちが、ふたりの後についていく。

その場に、源九郎、菅井、孫六、山本、松之助の五人だけが残った。

「長屋の者には、われらのために申し訳ないことをした」

山本が苦渋に顔をしかめて言った。松之助もうなだれている。

「ふたりのことは、済んだことだが……。面倒なのは、これからだ」

源九郎が小声で言った。

「大内たちは、杉永と菊川が長屋に閉じ込められているのを知ったわけだな」

菅井が、口をへの字に引き結んでむずかしい顔をした。

「ふたりを助けに、長屋へ踏み込んでくるかもしれねえ」

脇から、孫六が口を挟んだ。

「それだけならいいが、山本どのと松之助どのの命も狙うだろうな」

「われらは、覚悟している。……これ以上、長屋のみなさんに迷惑をかけるわけにはいきません」

山本が、悲痛な顔をして言った。松之助は不安そうな顔をして、山本の横顔に目をむけている。

「わしらも、こうなることは覚悟していたが……。しばらくの間、孫六たちに路地木戸に目を配ってもらい、うろんな武士が入ってきたら、わしか菅井に知らせてもらおう。なに、陽が沈むころだけでいい」

源九郎は、長屋の者たちの目のある日中、大内たちが長屋に押し込んでくるとは思わなかった。大騒ぎになるし、源九郎や菅井がすぐに駆け付けると読むだろう。大内たちは、薄暗くなってから踏み込み、騒ぎが大きくなる前に目的を果たす策をとるはずである。

「ともかく、勝負はこれからだぞ」

源九郎が、男たちに目をやって言った。

## 二

豊助と政吉が、大内たちと思われる三人の武士に打擲されて六日過ぎた。はぐれ長屋では、何事も起こらなかった。いつものように、騒がしい毎日がつづいている。

この間、源九郎と菅井は、ほとんど長屋にいて出歩かなかった。大内たちの襲撃に備えたのである。

当初、菅井は将棋盤を手にし、いそいそと源九郎の家に出かけてきたが、さすがに連日となると飽きてきたのか、ちかごろは顔を見せない日もあった。

山本と松之助は、捕らえてある菊川と杉永の面倒をみていた。面倒を見るといっても、めしを食わせて、厠《かわや》へ連れていくだけである。山本は、これまでと変わらず手跡指南所で子供たちに読み書きを教えていた。そして、子供たちが手跡指南所にこない時間は、長屋の裏の空き地で、松之助と剣術の稽古をしているようだった。

この日、曇天だった。山本はすこし早めに子供たちを帰した後、菊川と杉永の様子をみてから、裏の空き地にむかった。

山本と松之助は木刀を手にして空き地に来ると、いつものように袴の股だちをとり、襷で両袖を絞った。

山本は稽古の支度をしながらも、あまり気が乗らなかった。以前からそうである。山本は生来、人と争うことを好まなかった。そうした性格もあって、人を斬るような事態は何とか避けたかったのである。

だが、兄の佐之助が斬り殺されたために、どうしても松之助とともに敵を討たねばならない立場に追い込まれた。そして、松之助とともに出府したのである。

山本は、江戸で子供たちに読み書きを教えて暮らすうち、おれは、このまま江戸で手跡指南所をつづけてもいい、とさえ思ったが、敵を討って国に帰らなければ、松之助が山本家を継ぐことができなかった。敵を討たなければ、松之助の将来を奪ってしまうばかりか、国許に残してきた母と兄嫁も、生きてはいけないのである。

……何としても、大内を討たねばならぬ！

と、山本は己に言い聞かせたが、新たな不安と恐れが胸に生じ、とても大内は討てないような気持ちになっていた。

新たな不安と恐れは、敵が大内とはっきりしたことだった。大内は富樫流の達人で、鎧斬《よろいぎ》りを会得していた。山本や松之助の歯の立つような相手ではないのだ。

山本が木刀を手にしたまま立っていると、

「父上、素振りから始めますか」

と、松之助が訊いた。松之助は、いつも人前では父上と呼んでいた。甥と叔父で暮らしていたのでは、不審に思われるので父子《おやこ》ということにしていたのだが、長く一緒に暮らしていると、あまり違和感を覚えなくなるから不思議である。

「よし、素振りからだ」

山本は己を鼓舞するように声を強くして言った。

空き地には、手跡指南所に通ってくる子供が五人いた。空き地の隅に屈み込んで、いつものようにふたりの稽古を眺めている。

山本と松之助は、並んで木刀の素振りを始めた。しばらくして、体がうっすらと汗をかいてくると、ふたりは素振りをやめた。

「松之助、次は打ち込み稽古だが、おれが大内の遣う鎧斬りを真似て八相から真っ向へ打ち込むから、受けずにかわしてみろ」

松之助のような未熟な者には、鎧斬りを受けることはできない、と山本は知っていた。

「はい」

松之助は真剣な面持ちで山本と対峙《たいじ》した。

山本が八相に構え、松之助が青眼に構えたとき、空き地に菅井がやってきた。菅井は空き地の隅に立ったまま、山本と松之助の稽古の様子を眺めている。家にいてもやることがなく、山本たちの稽古を見に来たらしい。

「いくぞ!」

山本が一声かけ、踏み込みざま、八相から真っ向に木刀を振り下ろした。

松之助は後ろに身を引いて山本の木刀をかわしたが、体勢がくずれてよろめいた。それに、一瞬身を引くのが遅れていた。

山本が振り下ろした瞬間、手の内を絞って木刀を頭上でとめたので、松之助には当たらなかったのである。

「松之助、もうすこし、迅《はや》く!」

「はい」

「もう一手だ」

ふたたび山本は八相に構え、松之助は青眼にとった。

ふたりは、同じ稽古を小半刻（三十分）ほどつづけた。しだいに、松之助の身を引く動きが迅くなり、体勢もくずさなくなってきた。だが、大内の鎧斬りをかわすには、まだまだであろう。

ふたりはびっしょりと汗をかき、頬や首筋にも汗がつたって流れ落ちていた。息も荒くなっている。

「すこし、休もう」

そう言って、山本が木刀を下ろしたときだった。

突如、空き地の隅から走り寄る複数の足音がひびき、ワアッ！　という子供の叫び声が起こった。

武士が四人――。

空き地を疾走してきた。山本と松之助の方に駆け寄ってくる。

「大内だ！」

菅井が叫んだ。

ひとりは、大内だった。昭島の姿もあった。他のふたりは、何者か知れなかった。

大内たち四人のうちひとりが、空き地の隅で稽古を見ていた房七に駆け寄り、強引に左手で房七を抱え、右手で小刀を抜いて喉元にむけた。

房七は目を剝き、ヒイッ！　と喉の裂けるような悲鳴を上げた後、ワア、ワア、と大声で泣きだした。

菅井は、抜刀体勢を取って、大内たちの方へ駆け寄ろうとした。

そのとき、房七を抱えた武士が、

「菅井、動けば、この児の命はないぞ！」

と、大声で叫んだ。

武士は、いまにも房七の喉を突き刺しそうだった。そうでなくとも、武士の手にした小刀の切っ先が、泣きながら激しく身をよじっている房七の喉を斬り裂きそうだ。

菅井の足がとまった。抜刀体勢をとったまま、逡巡《しゅんじゅん》している。菅井も、房七を人質にとられて、動けなくなったのだ。

この間に、大内と昭島、それに長身の武士が山本と松之助の前に走り寄った。

「おのれ！　大内」

叫びざま、山本は手にした木刀を大内にむけた。

すかさず、大内は抜刀し、山本に切っ先をむけた。構えは鎧斬りの八相ではなく、青眼だった。

昭島ともうひとりの武士は松之助のそばに走り寄ると、昭島が正面に立ち、長身の武士は松之助の後ろへまわった。

大内は切っ先を山本にむけたまま、

「うぬの兄の佐之助は、おれが斬った。……次はおまえだな」

そう言って、口元に薄笑いを浮かべたが、斬り込んでくる気配はなかった。

一方、松之助の正面に立った昭島は、すばやい動きで切っ先を松之助の喉元にむけた。松之助は凍りついたように棒立ちになり、木刀を構えることもできなかった。すると、松之助の後ろにまわった長身の武士が、松之助から木刀を奪い取って叢《くさむら》のなかに投げ捨てた。

「騒ぐな！」

長身の武士は、ひき攣ったような顔をして立っている松之助の右腕を左手でつかみ、グイと引き寄せた。

すぐに、昭島が松之助の左腕をつかみ、長身の武士とふたりで松之助を空き地の隅へ連れていった。

「山本、動くなよ。動けば、つかまえたふたりの命はないぞ」

大内はそう言って、すばやく後じさった。

房七を抱きかかえた武士と、松之助を連れていった昭島たちふたりは空き地の隅でいっしょになり、摑《つか》まえたふたりを連れたまま足早に路地の方にむかった。

「菅井も、動くな」

そう言い捨て、大内も昭島たちの方へ駆けだした。

大内たちの姿が遠ざかると、その場の出来事を息を呑んで見つめていた子供たちが、泣き出したり叫び声を上げたりした。

「待て！」

菅井が大内たちの後を追い、山本がつづいた。

ふたりは、必死の形相で空き地から長屋の脇の小径《こみち》をたどって路地に走り出た。

路地の先に、ふたりの子供を連れていく大内たち四人の姿が見えた。房七の泣き声が聞こえた。脅しても、泣きやまないらしい。路地を通りかかった者たちが、足をとめて大内たちに目をやっている。

路地の前方に、竪川沿いの通りが見えてきた。どんよりと曇った空の下に、かすかに竪川の川面が見えた。

と、房七を抱えていた長身の武士が、房七を突き放した。房七は、路地に尻餅をついたまま泣き声を上げている。

大内と他の武士は、松之助だけを連れて竪川通りにむかって走っていく。

菅井と山本も走った。房七は、路地のなかほどに尻餅をついたまま泣き声を上げている。

「房七、泣くな！　悪いやつらは、逃げた」

菅井はすこし足をゆるめて房七に声をかけただけで、その場を通り過ぎた。

山本は菅井の先にたち、大内たちを追った。山本は必死だった。形相が変わっていた。目をつり上げ、歯を剝いている。何としても、松之助を取り返さなければならないと思っているのだろう。

大内たちは竪川沿いの通りに出ると、一ツ目橋近くの桟橋に駆け下りた。そして、繫《つな》いであった猪牙舟《ちょきぶね》に松之助を連れて乗り込むと、すぐに長身の武士が棹《さお》を取った。舟を扱ったことがあるらしく、巧みに棹を操って舟を桟橋から離した。

大内たちの乗る舟は水押《みよし》を大川の方へむけ、川面を滑るように進んでいく。

そこへ、山本と菅井が走り寄り、川岸から大内たちの乗る舟を目にした。ふたりは桟橋まで駆け下りたが、他の舟はなく手の打ちようがなかった。

「……お、大内たちは、松之助を人質にとったのだ」

菅井が、喘《あえ》ぎながら言った。

このときになって、菅井と山本は大内たちが長屋を探っていたのは、松之助を人質に取るためだと気付いた。

三

「見ろ、これを」

源九郎が、菅井と山本の前で紙片をひらいて見せた。

——松之助の命が惜しくば、手出し無用のこと
とだけ、書いてあった。それだけで、すべてが分かる。大内たちが、今後われらに手出しすれば、松之助の命はないと脅しているのだ。人質である。ただの脅しならいいが、大内たちは松之助の命を奪いかねない。大内にとって、松之助はただの人質ではなかった。父の敵を討つために、己の命を狙っている相手である。

「これは、投げ文か」

菅井が源九郎に訊いた。

「いや、長屋の子がな、表の路地で駄賃を貰《もら》い、わしに届けるよう頼まれたようだ。これを頼んだのは武士らしいので、大内たちとみていいな」

「大内たちの狙いは、これだったのか」

菅井が無念そうに言った。

「……て、手が出せぬ。松之助が殺されるようなことにでもなれば、おれも生きてはいられない」

山本の顔には、不安と強い怒りの色があった。おそらく、子供を人質にとった大内たちの非道さに、強い怒りを覚えたのであろう。体が小刻みに顫《ふる》え、目が赤くなっていた。松之助が大内たちに連れ去られたのは昨日だったが、山本は一睡もしていないらしい。

「どうする？」

菅井が小声で訊いた。

「どうにもならんな。……わしらには、手が出せぬ」

何とかして松之助を助け出さないことには、動きがとれない、と源九郎は思った。

頼みの綱は島倉たち垣崎藩の目付たちだが、島倉たちにも、源九郎たちと同じような文面の投げ文がとどいているのではあるまいか。

「ともかく、いまは様子をみるしかないな」

源九郎が、山本と菅井に言った。

その日、源九郎と菅井は、孫六に長屋をまわってもらい、茂次、三太郎、平太の三人を源九郎の家に集めた。

源九郎は、集まった男たちに投げ文の内容を話した上で、

「そういうわけでな、わしと菅井は動けんのだ。……他のことはいい。ともかく、松之助の監禁場所をつきとめてくれ。このままでは、どうにもならん」

と、言い添えた。

「旦那、松之助さんを攫《さら》ったのは、大内の他に三人いたんですかい」

茂次が、念を押すように訊いた。

「そうだ。……松之助を連れ去ったのは四人の武士でな、大内と昭島、他のふたりは分からないが、垣崎藩士であることはまちがいない。……まず、大内の居所を探ってみてくれ」

「何か手掛かりがありやすか」

「築地の上柳原町に、大内と江川の隠れ家があるらしいが、いまは、そこにもい

ないようだ」

源九郎は、島倉から聞いていた借家のことを話した。

「島倉どのたちが、借家に目を配っているようだが、まだふたりは姿を見せないらしい。……ただ、家財や衣類はそっくり残されているようなので、このままということはあるまい」

「その借家を見張れば、だれか姿をあらわすってことですかい」

「わしは、そうみている」

島倉たちが、借家を見張っているようだが、いま大内たちを手繰《たぐ》る手掛かりは、そこしかなかった。

「ただ、姿を見せるのは、大内たちではないかもしれん」

源九郎が言い添えた。

島倉たちは、大内と江川があらわれるのを待っているらしいが、別の者が姿を見せるかもしれない。

「承知しやした」

茂次が言うと、三太郎と平太も顔をひきしめてうなずいた。

源九郎は茂次たちと会った翌日、菅井とともに山本の家に足をむけた。山本がどうしてるか心配だったのと、島倉たちの動きが知りたかったのだ。

山本はひとり、座敷のなかほどに端座していた。昨日より、憔悴《しょうすい》しているように見えた。昨夜もほとんど眠っていないのだろう。顔に疲労の色があり、目ばかりが異様にひかっている。

「山本どの、気を落とすのは早いぞ。……松之助は死んだわけではない。大内たちにとっては、大事な人質だからな。簡単に殺すはずがない。おそらく、どこかに監禁されているはずだ」

源九郎が言った。

「華町どの、菅井どの、かたじけない。われらのために尽くしてくれ、礼のいいようもない」

山本は、源九郎と菅井に深く頭を下げた。

「おい、頭を下げるのは松之助を助け出し、敵を討ってからにしてくれ。おれたちは、まだ何もしていないではないか」

菅井が、戸惑うような顔をして言った。

「菅井の言うとおりだ。それでな、まず、松之助が監禁されている場所を探さねばならんが、島倉どのたちの動きが知りたい。大内たちの新たな隠れ家をつかんでいるかもしれないからな。……山本どの、島倉どのに、長屋に来てもらうわけにはいかないかな」

源九郎が言うと、山本は源九郎と菅井に目をむけ、

「分かった。すぐに、島倉どのに連絡する」

と言って、立ち上がった。

その日の夕方、山本が島倉をはぐれ長屋に連れてきた。源九郎は家の座敷で島倉と対座すると、

「松之助が、大内たちに攫われたのは知っているかな」

と、すぐに切り出した。

「承知している。……われらの許にも、投げ文がござった」

島倉によると、投げ文には源九郎たちと同じように、大内たちに手出しすれば、松之助の命はない、と書かれていたという。

「それで、われらは表だって動けないのだ」

そう言って、島倉が顔を苦渋にしかめた。

「島倉どの」

山本が島倉を見つめて言った。

「松之助のために、探索の手を抜くようなことのないよう、お願いしたい。島倉どのたちは私事ではなく、垣崎藩のためになされているはずだ。松之助のために、十分な探索ができなかったとなれば、われらは腹を切っても面目がたちません」

山本が、いつもとちがって強い口調で言った。島倉にむけられた顔には、眦《まなじり》を裂くような決意の色があった。

「それは、承知している。……このことで、大内たちの探索の手を抜くようなことはしない」

島倉はそう言ったが、声に力がなかった。松之助を見殺しにはできないという思いがあるのだろう。

「ともかく、松之助の監禁場所をつきとめ、助け出すことだ」

源九郎が口をはさんだ。

「いかさま」

島倉がうなずいた。

「それで、上柳原町にある大内たちの隠れ家だが、その後、姿を見せたかな」

「それが、まったく姿を見せないのだ」

島倉が渋い顔をした。

「大内たちは、島倉どのたちが借家を見張っていることに気付いているのではないかな」

「そうかもしれん」

「松之助のこともあるし、ここは、上柳原町の隠れ家から手を引いたとみせてはどうかな」

大内たちが、島倉たちが上柳原町の隠れ家を見張っていることに気付いているのであれば、隠れ家に姿をあらわすことはないだろう。

「見張りをやめるのか」

「代わりに、わしら長屋の者がやる。……町人でな、大内たちに知られていない者に見張りをさせるつもりだ」

すでに、源九郎は茂次たちに隠れ家の見張りを頼んでいた。茂次たちなら、ぬかりなくやるはずである。

「妙案だ」

すぐに、島倉が言った。

「では、わしらにまかせてもらえるな」

「おまかせする。……われらは、森元の配下にそれとなく目をくばり、大内や江川の居所を探ることにいたそう」

「それがいい」

源九郎は、森元の配下の動きからも大内たちの居所はつきとめられるのではないかと思った。

四

茂次は、上柳原町の路地に来ていた。長屋につづく路地木戸の脇である。ちいさな木箱に腰を下ろし、斜《はす》向かいにある仕舞屋《しもたや》に目をむけていた。その仕舞屋が、大内と江川の隠れ家である。

茂次、三太郎、平太の三人は、源九郎から話を聞いた後、上柳原町に来て、まず大内たちの住む隠れ家を探した。手間はかからなかった。源九郎が、島倉から聞いておいた隠れ家のある場所を茂次たちに知らせておいたからである。

茂次たち三人は長丁場になるとみて、交替して隠れ家を見張ることにした。茂次は三太郎から引き継いで、この場に来ていたのだ。

茂次の膝先には、さまざまな種類の砥石《といし》や鑢《やすり》の入った仕立箱があり、脇には水を張った研ぎ桶が置いてあった。仕立箱の上には、錆《さ》びた鋏《はさみ》、包丁、剃刀《かみそり》などが並べてあった。こうした物を研ぐという見本である。

茂次の生業《なりわい》は研師《とぎし》で、ふだん裏路地や長屋などをまわって商売をしていた。いまも、長屋の前で商売をしているように見せかけていたが、狙いは大内と江川の隠れ家の見張りである。

通りかかった者が茂次を見ても、不審に思うことはなかった。だれもが、研師が商売をしているとみたからである。実際に、長屋に住む女房が錆びた包丁を手にしてやってきて、茂次に研ぎを頼んでいた。

陽が西の家並の向こうに沈み、そろそろ暮れ六ツ（午後六時）の鐘の鳴るころだった。茂次がこの場に来て仕舞屋を見張り始めて、一刻（二時間）は経つだろうか。まだ、大内と江川は姿を見せなかった。

……そろそろ場所を変えるか。

そう思い、茂次は仕立箱の上に置いた鋏などを片付け始めた。長い間、同じ場所にいると、不審を抱く者もいるからである。

茂次が仕立箱の上の物を片付け終えたときだった。

路地を歩いてきた町人が、仕舞屋の戸口で足をとめた。細縞の小袖を尻《しり》っ端折《ぱしよ》りし、股引に草履履きだった。年寄りらしく、すこし背がまがっている。

……やつは、大内たちの使いかもしれねえ。

茂次は、急いで仕立箱を片付け、研ぎ桶の水を道端に捨てた。

男は仕舞屋の表戸をあけて家のなかに入った。

茂次は、仕立箱と研ぎ桶を近くの叢のなかに隠した。まず、男が何者か確かめなければならない。

茂次は通行人を装い、仕舞屋に足をむけた。そして、家の前まで来ると、戸口に近付いて聞き耳をたてた。

家のなかから、物音が聞こえた。床板を踏むような音や障子をあけしめするような音である。男は、家のなかで何かしているようだ。

茂次は、すぐに家の戸口から離れた。男が、いつ家から出てくるか分からなかったからである。

茂次は家から半町ほどいったところで足をとめ、路傍の樹陰に身を隠した。男が家から出てくるのを待って、跡を尾けてみようと思ったのだ。

路地が夕闇に染まり人影が途絶えたころ、やっと引き戸があき、戸口から男が出てきた。大きな風呂敷包みを背負っている。どうやら、家のなかにあった物を風呂敷につつんで出てきたらしい。

……盗人か。

と、茂次は思ったが、盗人のはずはなかった。盗人なら、もっと暗くなってから家に侵入するだろうし、まだ遠くからも姿の見えるいまごろ出てきて、路地を歩いて帰るはずはない。

男は、人目を避ける様子もなく路地を表通りの方へ歩いていく。

茂次は男の姿が一町ほどに遠ざかると、樹陰から路地に出て、男の後を尾け始めた。尾行は楽だった。男は後ろを振り返って見ることはなかったし、背負った風呂敷包みが夕闇のなかに浮き上がったように見えたからだ。

男は通りを東にむかった。やがて、前方に江戸湊の海原が見えてきた。夕闇のなかに、黒ずんだ海面が広漠とつづき、水平線の彼方《かなた》で藍色《あいいろ》の空と一体となって闇に霞んでいる。日中は、猪牙舟、茶船、白い帆を張った大型の廻船などが行き交っているのだが、いまは船影もなく、夕闇にとざされていた。

しだいに、海原が近付いてきた。遠くで、潮騒の音が聞こえる。辺りに人影はなく、通り沿いの店は表戸をしめ、ひっそりと夕闇のなかに沈んでいた。男は風呂敷包みを背負ったまま足早に歩いていく。

男は大川の河口沿いの道に突き当たると、左手に折れて川上に足をむけた。

茂次は小走りになった。男が左手にまがったため、町家の陰になって姿が見えなくなったからだ。

河口沿いの道に突き当たり、川上に目をやると、風呂敷包みを背負った男の姿が見えた。男は川面を渡ってきた風に逆らうように、すこし前屈みの格好で歩いていく。

茂次は通り沿いの店の軒下や樹陰に身を隠しながら男の跡を尾けた。右手の川岸に打ち寄せる波音が、絶え間なく聞こえてきた。

いっとき歩くと、前方に掘割にかかる明石橋《あかし》が見えてきた。その辺りは、南《みなみ》飯田町《いいだちょう》である。

それから、二町ほど歩いたとき、男は足をとめた。そこは、道沿いにあった屋敷の木戸門の前だった。そこで、男は振り返り、背後に目をやってから木戸門に近付いた。武家屋敷ではなかった。富商の隠居所か、大身の旗本の別邸のような屋敷である。

男は木戸門の門扉をあけて、なかに入った。門扉は観音開きで、閂《かんぬき》はしてなかったらしい。

茂次は、男が入った屋敷に足音を忍ばせて近付いた。屋敷のまわりには、板塀がめぐらせてあった。辺りに人影はなく、ひっそりとしている。

茂次は板塀に身を寄せ、板の隙間からなかを覗いてみた。母屋の前が、庭になっている。ひろい庭ではなかったが松や梅が植えられ、築山もあった。その庭に面して広縁があり、その奥の障子が明らんでいた。その先の座敷に、だれかいるらしい。

茂次は聞き耳をたてたが、人声は聞こえなかった。耳にとどくのは、大川の河口の汀《みぎわ》に寄せる波音と遠方の潮騒の音だけである。

……この家の主をつきとめるのは、明日だな。

茂次は、胸の内でつぶやいた。

翌朝、茂次は三太郎と平太を連れて、ふたたび南飯田町に足を運んできた。途中、茂次はふたりに、大内たちの隠れ家から風呂敷包みで何か運んだ男が、南飯田町の屋敷に入ったことを話した。

茂次は大川の河口沿いの道に足をとめ、

「あの屋敷だ」

と言って、男の入った屋敷を指差した。

「茂次兄い、隠れ家にしちゃァ立派過ぎやすぜ」

平太が、屋敷に目をやりながら言った。

「たしかに、立派過ぎるな。……ともかく、あの屋敷の主がだれか、探るんだ」

茂次たちは、屋敷から離れた。

三人は屋敷から一町ほど離れたところで足をとめると、別々に屋敷のことを聞き込んでみることにした。三人いっしょより別々の方が埒《らち》が明くし、不審を抱かれることもないだろう。

茂次は三太郎たちと別れた後、道沿いにあった八百屋に立ち寄り、

「あの屋敷に、だれか住んでるのかい」

と、店の親爺に訊いてみた。

「住んじゃァいねえが、黒田屋《くろだや》の奉公人やあるじの徳五郎《とくごろう》が、隠居所に来ることがあるようだな」

親爺によると、屋敷は行徳河岸にある廻船問屋、黒田屋の隠居所だという。十年ほど前、黒田屋の先代の槙右衛門《まきえもん》が身代を倅の徳五郎に譲って隠居するおりに建てたそうだ。

その槙右衛門が二年ほど前に亡くなり、いまは黒田屋の下働きの者や女中などがときおり姿を見せ、家や庭の掃除などをしているという。

親爺は、ひととおり黒田屋と隠居所のことを話すと、

「おめえさん、この近くの者かい」

と言って、茂次に不審そうな目をむけた。茂次が、執拗《しつよう》に隠居所のことを訊いたからであろう。

「おれは十軒町《じつけんちよう》の者だが、二本差が屋敷の門から入るのを見てな。二本差が住んでるはずはねえ、と思って訊いてみたのよ」

十軒町は南飯田町の北にあり、大川の河口沿いにひろがっている。

茂次は、武士が屋敷に入ったのを見たわけではなかったが、大内や江川が隠れ家にしているなら、門から出入りしているはずだ、と思ってそう口にしたのだ。むろん、十軒町に住んでいると言ったのも、咄嗟《とつさ》に思いついた作り話である。

「めずらしいことじゃァねえよ。……槙右衛門さんが隠居してたころも、お大名の家来が屋敷に来たことがあったからな」

親爺によると、黒田屋は大名との取引きがあり、その関係で家臣が隠居所を訪ねて来ることがあったという。

「そうなのかい」

茂次は、邪魔したな、と言い残し、八百屋の前から離れた。

それから一刻（二時間）ほどして、茂次、三太郎、平太の三人は明石橋のたもとで顔をそろえた。別れる前に、一刻ほどしたら橋のたもとに集まることにしてあったのだ。

三人は、その場で聞き込んだことを話したが、ほとんど茂次が八百屋の親爺から聞いたことだった。ただ、三太郎が酒屋の奉公人から聞いた話のなかに、新たに知れたことがあった。酒屋の奉公人によると、二日前、ふたりの羽織袴姿の武士が屋敷から出ていくのを見かけたそうだ。

「そのふたり、大内と江川かもしれねえな」

茂次が言った。

茂次たち三人は聞き込んできたことを話した後、ともかく長屋にもどることにした。源九郎や菅井に聞き込んだことを知らせようと思ったのである。

## 五

「黒田屋の隠居所な」

茂次たちから話を聞いた源九郎は、首をひねった。これまで、山本や島倉から黒田屋のことを耳にしたことがなかったのだ。

「華町、大内と江川は、その隠居所に身を隠しているのではないかな」

菅井が言った。菅井も、源九郎の家でいっしょに話を聞いていたのである。

「わしも、そうみるが……」

源九郎が言った。

「どうだ、山本どのに訊いてみたら。山本どのなら、知っているかもしれんぞ」

「そうするか」

源九郎は腰を上げた。あれこれ推測しているより、山本に訊いた方が早いと思ったのである。

さっそく、源九郎、菅井、茂次の三人が、山本の家に足をむけた。三太郎と平太は自分の家にもどることにした。大勢で山本の家に押しかけると、山本も話づらいだろう。

山本は家にいた。源九郎たちと戸口で顔を合わせると、

「何か知れましたか」

と、すぐに山本が訊いた。松之助のことが心配でならないようだ。

「まだ、松之助の監禁場所は分からないが、大内たちの隠れ家らしい屋敷が知れたのだ」

そう言ってから、源九郎は座敷に上がった。

菅井と茂次も上がり、山本と車座になって腰を下ろすと、

「それで、山本どのに訊きたいことがあってな」

と、源九郎があらためて切り出した。

「なんです？」

「廻船問屋らしいのだが、黒田屋という店を知っているかな」

「黒田屋……」

山本はいっとき記憶をたどるように虚空に視線をとめていたが、

「行徳河岸にある店ですか」

と、源九郎に顔をむけて訊いた。

「そのようだ」

「垣崎藩の蔵元をしている店かもしれない。国許にいるとき、蔵元の黒田屋の店は行徳河岸にあると聞いた覚えがある」

山本によると、黒田屋は藩の専売である米を江戸へ廻漕《かいそう》したり、売買にあたっ

たりしているという。

「蔵元か。……それなら、垣崎藩とのかかわりは強いな」

「黒田屋が、大内たちを匿《かくま》っているのか」

山本が身を乗り出すようにして訊いた。

「まだ、はっきりせんが、大内たちが黒田屋の隠居所に身を隠しているようなのだ」

源九郎は、先手組物頭だった大内が黒田屋とかかわりがあるとは思えなかった。手引きした者がいるはずである。

「黒田屋の隠居所に……」

山本がけわしい顔をした。思いもしなかった店の名が出てきたからであろう。

「留守居役の森元だがな。黒田屋と会う機会が、多いのではないか」

御留守居役なら、蔵元と会って藩の専売米の江戸への廻漕や売買にあたって相談するはずである。

「それがしには、よく分からないが……。華町どの、島倉どののなら、よくご存じのはずですよ」

山本が言った。

「島倉どのなら知っていような」

江戸勤番の目付なら、藩の蔵元のこともよく知っているだろう。

「それがしが、明日にも、島倉どのに連絡しますよ。松之助のことで何か知れたか、気になりますし……」

「そうしてくれ」

山本にすれば、長屋に凝《じっ》としているのは、かえって辛いのだろう。

翌日の午後、山本は島倉と宇津木を連れて長屋に姿を見せた。源九郎の家に集まったのは、源九郎、菅井、山本、島倉、宇津木の五人である。

「黒田屋のことで、訊きたいことがあるそうだが」

島倉が先に切り出した。

「実は、黒田屋の隠居所に大内たちが身を隠しているようなのだ」

源九郎は、まだ大内たちがいるかどうか確かめていなかったので、曖昧《あいまい》な物言いをした。

「黒田屋の隠居所か。思いもしなかったな」

島倉がつぶやくような声で言った。

「黒田屋と留守居役のつながりは、深いのか」

源九郎は、大内たちが黒田屋の隠居所を隠れ家にしているとすれば、御留守居役の森元が仲立ちをしているにちがいないとみていた。

「そんなことはないはずだが……」

島倉は語尾を濁した。はっきりしないらしい。

「森元が、黒田屋に話したのではないかな」

「そうかもしれん」

島倉がうなずいた。

次に口をひらく者がなく、座敷が重苦しい沈黙につつまれたとき、

「はっきりしないうちに、隠居所に踏み込むわけにはいかないな。どうかな、明日にも黒田屋に行って訊いてみるか」

島倉がそう言って、源九郎と菅井に目をむけた。

「そんなことができるのか」

「罪を犯して国許を出奔した者が、隠居所ちかくに潜伏している噂があるとでも言っておけばいい」

「わしが行ってもかまわんか」

「華町どのが、見かけたことにしてくれないか。……華町どのは、剣術の師匠と

いうことにしておけばいい」

　島倉が言った。

「わしは、かまわんが」

「では、明朝――」

　それから、島倉と宇津木が、森元の身辺を探ったことを話した。

　島倉によると、森元はふだんと変わりなく、御留守居役の務めにあたっている
が、配下の者が頻繁に藩邸から出かけているという。

　さらに、宇津木が御使番の草野八郎《くさのはちろう》と先手組の鳥山与之助《とりやまよのすけ》の名を出し、

「ふたりが、御留守居役の指図で動いているようですが、用心しているらしく、
なかなか尻尾《しっぽ》がつかめないのです」

　と、源九郎たちに顔をむけて言った。

「菊川のこともあり、森元もわれらの目を気にしているようなのだ」

　島倉が言い添えた。

「いずれにしろ、松之助の監禁場所をつきとめねばな」

　源九郎が念を押すように言った。

# 六

「あれが、黒田屋だ」

島倉が川岸に足をとめて言った。

そこは行徳河岸で、廻船問屋や米問屋などの大店《おおだな》が並んでいた。そうした大店のなかでも、黒田屋は目を引く土蔵造りの大きな店を構えていた。脇には船荷を保管しておく倉庫が三棟並び、裏手には白壁の土蔵もあった。

「大店だな」

源九郎が黒田屋に目をやって言った。

その場に、島倉と源九郎、それに宇津木の姿があった。山本と菅井は来なかった。黒田屋で話を聞くのに、大勢で乗り込むことはできなかった。三人でも、多いくらいである。

「ともかく、話を訊いてみるか」

島倉が先にたって、黒田屋に足をむけた。

暖簾《のれん》をくぐると、ひろい土間があり、その先に畳敷きの帳場があった。土間には、印半纏《しるしばんてん》姿の店の奉公人や船頭らしき男が数人いて、何やら話をしていた。

船で運び込まれる荷の話をしているらしかった。

源九郎たち三人が店に入っていくと、帳場格子の向こうで算盤《そろばん》をはじいていた年配の男が、慌てた様子で立ち上がった。源九郎たちを目にとめたらしい。

男は腰をかがめ、揉《も》み手をしながら上がり框《がまち》のそばまで来て膝を折り、

「お武家さま、何かご用でしょうか」

と、口元に愛想笑いを浮かべながら訊いたが、目には不審の色があった。源九郎たち三人が、何者か分からなかったようだ。

「われらは、垣崎藩の目付筋の者だが、番頭かな」

島倉が小声で訊いた。

「はい、番頭の富蔵《とみぞう》でございます。垣崎藩の方とは存じませんで、まことにご無礼をいたしました」

富蔵は笑みを浮かべたまま、前に立った三人に頭を下げた。

「訊きたいことがあって、寄らせてもらったのだがな。……分かれば、番頭でもかまわないが」

「どのようなことで、ございましょうか」

「黒田屋の隠居所のことだ」

「隠居所でございますか……」

富蔵が、拍子抜けしたような顔をした。顔の愛想笑いが消えている。

「築地に隠居所があるな」

「ございますが」

富蔵は、徳五郎というあるじの名を口にした後、隠居所は先代の槙右衛門が住んでいたことを言い添えた。

「その隠居所のことでな、訊きたいことがあるのだ」

「……」

富蔵は戸惑うような顔をして口をつぐんだが、ふたたび顔に笑みを浮かべ、

「隠居所のことでしたら、あるじに訊いていただけませんか」

と、声をひそめて言った。商売のことではなく、あるじの家族にかかわる話と思ったようだ。

「では、あるじに訊くか」

「ともかく、お上がりになってくださいまし。……あるじを呼びますから」

富蔵は、源九郎たち三人を帳場の奥の座敷に案内すると、すぐに徳五郎を呼びにいった。

源九郎たちが座敷でいっとき待つと、富蔵が恰幅《かつぷく》のいい五十がらみの男を連れてもどってきた。男は細縞の小袖に唐桟《とうざん》の羽織、渋い路考茶《ろこうちや》の角帯をしめていた。いかにも、大店の旦那ふうの格好である。

男は島倉の前に膝を折ると、

「あるじの徳五郎でございます」

と名乗って、頭を下げた。

島倉と宇津木は、あらためて名と垣崎藩の目付であることを名乗ったが、源九郎は咄嗟に思いついた山田《やまだ》という偽名を口にし、藩士に剣術指南をしている者だと言い添えた。

「つかぬことを訊くがな。築地に黒田屋の隠居所があるな」

島倉が切り出した。

「ございますが」

徳五郎は、口元に笑みを浮かべている。

「実は、ここにおられる山田どのが、ちかごろ隠居所に出入りしているわが藩の者を見かけたらしいのだ。家中の者が商家の隠居所に出入りするのは妙だと思われ、われらに話してくれたのだ。……そういうことでな、あるじに、何か心当たりはないかな」

島倉が訊いた。

「そのことでしたら、承知しております」

「知っているのか?」

「はい、御留守居役の森元さまから、ちかごろ江戸勤番になった家中の者の住まいを探しているのだが、心当たりはないか、と相談されましてね。くわしくお訊きしますと、森元さまは、長くて一年ほどの間だとおっしゃられましたので、それならてまえどもの隠居所を使ってください、と申し上げたのです。……親の槙右衛門が亡くなってから住む者がなく、隠居所があいておりましたから」

徳五郎は隠そうともせず、森元の名も隠居所を貸したこともすぐに話した。国許でひとを斬り殺して出奔した者の隠れ家に使われるなどとは、思ってもみなかったのだろう。

徳五郎の話を聞いた源九郎は、

……やはり、森元が黒幕のようだ。

と、胸の内でつぶやいた。

「留守居役から話があったのなら、われらの出る幕はござらぬ。いや、手間をとらせた」

そう言って、島倉は腰を上げた。

店の外に出た源九郎たちは、日本橋川沿いの道を川上にむかった。すでに、陽は西の空にかたむいていたので、源九郎たちは途中の入堀にかかる思案橋のたもとで島倉たちと別れ、それぞれの住家に帰ることにした。

思案橋までの道を歩きながら、

「やはり、隠居所が大内たちの隠れ家になっているようだ」

島倉が、つぶやくような声で言った。

「まちがいないな。それに、森元が後ろ盾《だて》になっているらしい」

源九郎は、大内たちが出奔したのは森元の意図でもあったような気がした。

「これで、留守居役と大内たちのかかわりがはっきりしたな」

と、島倉。

「隠居所に踏み込みますか」

宇津木が、勢い込んで言った。

「待て、やたらに踏み込むことはできないぞ。……松之助を人質に取られているからな」

源九郎の顔は、いつになくけわしかった。

# 第五章　払暁の襲撃

## 一

「華町、なんだ、その格好は」

　菅井が源九郎の姿を見て、驚いたような顔をした。

　源九郎はよれよれの筒袖に軽衫《カルサン》、腰に長脇差を帯びていた。貧乏な武家の隠居爺さんのような格好である。

　これから、源九郎は菅井たちと南飯田町に行くつもりだった。自分の目で、大内たちが身を隠している隠居所を見ておきたかったのだ。それに、源九郎の胸の内には、隠居所に松之助が監禁されているかもしれない、という思いもあった。

　南飯田町へ行くのは、源九郎、菅井、茂次の三人だった。当初、源九郎は茂次とふたりだけで行くつもりだったが、菅井が、おれも行く、と言い出したのである。

「正体が知れないように、身を変えたのだ」

源九郎は、こんなこともあろうかと、古着屋で筒袖と軽衫を見つけて買い求め、長持ちに入れておいたのだ。

「菅井の旦那も、その格好じゃァ、すぐ分かっちまいやすぜ」

茂次が言った。

菅井は肩まで垂れている総髪で、小袖に袴姿だった。居合用の刀を帯びている。いつもと変わらない格好である。

「この格好では、まずいか」

「まずいもなにも、その格好じゃァ、遠くからでも菅井の旦那と、知れやすぜ」

「おれは、姿を変えるような着替えは持ってないぞ」

菅井が、困ったような顔をした。

「そうだ、菅井、おれの羽織と袴を身につけろ。御家人ふうに見えるはずだ。いくらか裾が長いが、かえっていいだろう」

源九郎が、言った。

「華町の羽織と袴か……」

菅井が渋い顔をした。

「わしの羽織袴では、いやなのか」

「い、いやでは、ないが……」

菅井が声をつまらせた。

「それなら、着替えろ。そうだ、長い髪も隠さねばならんな。……茂次、すまぬが、長屋をまわってな、笠をふたつ借りてきてくれ。わしも、顔を隠すつもりだ」

「へい」

すぐに、茂次は戸口から飛び出して言った。

菅井はしぶしぶ座敷に上がると、源九郎の羽織袴に着替えた。袴はともかく、菅井は羽織を着ることは滅多にないので、雰囲気が変わって見える。

「なかなか、似合うではないか」

「そうか」

菅井はまんざらでもないらしく、目を細めている。

着替えをすませたところに、茂次がもどってきた。手にしているのは、網代笠《あじろがさ》と菅笠《すげがさ》だった。菅井が網代笠をかぶり、源九郎は菅笠を手にした。

「さて、まいろうか」

源九郎たちは、戸口から外に出た。

五ツ半（午前九時）ごろだった。空は薄い雲でおおわれていたが、雨の心配はなさそうである。

源九郎たちは、竪川沿いの道を通って両国橋を渡った。日本橋の町筋を通り、八丁堀へ出るつもりだった。八丁堀にかかる稲荷橋を渡って大川沿いの道に入り、本湊町《ほんみなとちよう》、船松町《ふなまつちよう》、十軒町、明石町と歩けば、南飯田町に出られる。

源九郎たちは、稲荷橋を渡ったところでそば屋に立ち寄り、腹ごしらえをしてから南飯田町へ入った。

通りの左手に、大川の河口につづく江戸湊の海原がひろがっていた。すこし風があり、海原にたった無数の白い波頭が、水平線の彼方《かなた》までつづいていた。白い帆を張った大型の廻船が、ゆっくりと品川沖へ航行していく。

風光明媚《めいび》な地だが、源九郎たちは景観を愛《め》でている余裕はなかった。人質になっている松之助を助け出し、大内たちを討たねばならないのだ。

南飯田町に入っていっとき歩いてから、茂次が路傍に足をとめた。

「あの屋敷が、隠居所ですぜ」

茂次が、道沿いにある屋敷を指差した。

隠居所は板塀でかこわれていた。通りに面して、木戸門があった。隠居所としては、大きな屋敷である。黒田屋の先代の槙右衛門が眺めのいい地を選び、金に糸目を付けずに建てたものであろう。

源九郎たちはすぐに隠居所には近付かず、すこし離れた場所から隠居所全体を眺めた。

母屋の他に奉公人の住む家屋があり、裏手には土蔵もあった。板塀の脇を通ると、裏手にまわれるのかもしれない。

……松之助が閉じ込められているとすれば、あの土蔵か。

源九郎はそう思ったが、決め付けることはできない。

「華町、近付いてみるか」

菅井が言った。

「そうだな」

源九郎たち三人は、それぞれすこし間をとって、隠居所に近付いた。三人いっしょに行くと、目につくからである。

先頭を歩いていく茂次は、隠居所の木戸門の前で足をとめたが、すぐに歩きだした。

源九郎は二番手だった。板塀の近くまで来ると、裏手にまわれるか見てみた。家の脇に細い小径《こみち》があった。そこをたどれば、裏手へ行けるようだ。

それだけ見ると、源九郎は木戸門の前に出た。思ったより質素な造りで、門扉がすこしあいていた。いつでも、出入りできるようになっているらしい。もっとも、暗くなる前に閉じられるのかもしれない。

母屋は大きかった。いくつも座敷がありそうである。

源九郎は門の前で足をとめて耳を澄ませたが、物音も話し声も聞こえなかった。すぐに、門の前を通り過ぎ、半町ほど先の路傍に立って待っていた茂次の前で足をとめた。

三番手の菅井は門前でいっとき足をとめていたが、足早に源九郎たちのそばにきた。

「なかで、男の声が聞こえたぞ」

菅井が小声で言った。

「そうか、わしには聞こえなかったがな」

源九郎が言うと、茂次が、

「あっしにも声は聞こえなかったが、足音はしやしたぜ」

と、口をはさんだ。

どうやら、いまも隠居所にだれかいるようだ。

「旦那方、どうしやす」

茂次が、源九郎と菅井に目をむけて訊《き》いた。

「さて、どうするか。これで帰るのでは、遠くまで来た甲斐《かい》がないな。隠居所を見張って、出入りする者を確かめる手もあるが……」

「隠居所に踏み込んで、探ってみるか」

菅井が目をひからせて言った。

「踏み込むといっても、なかに大内たちがいれば、見つかってしまうぞ」

源九郎は、あまりに無謀だと思った。

「いまではない。夜になってからだ。……都合よく、おれもおまえも着物は闇に溶けるような色だぞ」

菅井が、源九郎の軽衫と筒袖に目をやって言った。

軽衫は黒、筒袖は茶だった。そういえば、菅井の小袖は鼠地《ねずみじ》で、袴は黒である。

「やるか」

源九郎が言うと、菅井と茂次がうなずいた。

二

薄曇りだが、陽の位置は知れた。西の空に沈みかけている。あと、半刻(一時間)もすれば、暮れ六ツ(午後六時)の鐘が鳴るのではあるまいか。

「どうだ、暗くなるまで、どこかで腹ごしらえをしておくか」

源九郎が、西の空に目をやりながら言った。

「それがいい」

菅井が承知し、茂次もうなずいた。

三人は、河口沿いの道を南にむかって歩いた。しばらく歩くと、一膳めし屋があった。大きな店ではないが、店のなかから男の濁声《だみごえ》や哄笑《こうしょう》などが聞こえた。すでに、酔っている客がいるらしい。

「ここにするか」

源九郎が訊いた。

すぐに、菅井と茂次がうなずいた。

源九郎たち三人は店に入ると、土間に並べてあった飯台を前にして腰掛け代わりの空樽に腰を下ろした。客は七、八人いた。いずれも、近くに住む船頭や漁師といった感じの男たちである。

源九郎が注文を訊きにきた親爺に、

「酒と肴《さかな》を頼む。……肴は、みつくろって出してくれ」

と、頼んだ。暗くなったら隠居所に忍び込むので、酔うほどには飲めないが、すこしならいいだろう。

酒と肴がとどくと、源九郎は銚子を手にし、

「酔うほど、飲むなよ」

と釘を刺しておいてから、菅井と茂次の猪口《ちょく》に酒をついでやった。

肴は鰈《かれい》の煮付けと酢の物、それにたくあんだった。一膳めし屋にしては手のかかった肴で、味もよかった。

それから半刻（一時間）ほどすると暗くなり、店の土間の隅に置かれた蠟燭《ろうそく》の火が、客たちを照らしだした。店は、だいぶ賑わってきた。客の多くは、近所に住む漁師、船頭、武家屋敷に奉公する中間《ちゅうげん》などである。

源九郎たちは酒を早めに切り上げ、菜めしを頼んだ。酔う前に酒はやめ、めしにしたのである。

菜めしで腹ごしらえをして店を出ると、辺りは夜陰につつまれていた。それでも、雲間から十六夜《いざよい》の月が顔を出し、江戸湊の海原を照らしていた。無数の波の起伏が巨龍の鱗《うろこ》のように淡い銀色《しろがねいろ》にひかり、彼方の深い闇のなかまでつづいている。河口の汀《みぎわ》に打ち寄せる波音と遠い潮騒の音の強弱が、呼応し合うように聞こえていた。

源九郎たちは、人気のない河口沿いの道を川上にむかって歩いた。

やがて、前方に隠居所が見えてきた。夜の帳《とばり》につつまれ、家の輪郭だけがぼんやりと識別できた。

「灯《ひ》の色がありやす」

茂次が言った。

夜陰のなかに、黒く沈んだように見える隠居所から淡い灯が洩《も》れていた。住人がいるらしい。

源九郎たち三人は隠居所のそばまで行くと、足音を忍ばせて板塀に身を寄せた。

板塀の隙間からなかを覗くと、そこは庭だった。松や梅などの黒い樹影の向こうに、ぼんやりと明らんでいる障子が見えた。庭に面して広縁があり、その先の座敷の障子に灯の色があった。

かすかにくぐもったような話し声が聞こえた。話の内容までは聞き取れなかったが、男の声であることは分かった。

「だれかいるようだな」

菅井が声を殺して言った。

「ともかく、なかへ入ってみるか」

「表の門から入れるかもしれんぞ」

源九郎たちは、足音を忍ばせて表門に近付いた。

だが、表門の門扉はあかなかった。閂《かんぬき》がかけられているらしい。

「菅井の旦那、ちょいと肩を貸してもらえやすか。あっしがなかに入《へえ》りやすよ」

そう言って、茂次が表門の脇の板塀のところへ菅井を連れていった。

「板塀のところに屈んでくだせえ。あっしが、旦那の肩を借りて、塀を越えやすから」

「こうか」

菅井は板塀の前に屈み、両手を板塀について体を支えた。

茂次は草履《ぞうり》を脱いで懐に入れると、

「ごめんなさいよ」

と言って、菅井の肩に足を乗せた。そして、板塀に飛び付いて腹這《はらば》いになると、塀の向こう側に体をまわした。

塀の向こう側で、地面に着地する音が聞こえたが、汀に寄せる波音と潮騒の音に掻《か》き消されてしまった。

茂次は表門の方へまわったらしく、閂を抜く音がし、すぐに門扉がひらいた。

「入《へえ》ってくだせえ」

茂次が小声で言った。

源九郎と菅井が足音を忍ばせて門内に入ると、茂次は門扉をとじてしまった。ただ、すぐあくように閂ははずしたままにしておいた。

源九郎たちは樹木や母屋の軒下の闇をたどるようにして、庭の方へまわった。さきほど、明かりの洩れていた座敷に近寄って、話を聞いてみようと思ったのである。

源九郎たち三人は、広縁の脇の戸袋の陰に身を寄せた。そこなら、話が聞き取れそうである。
座敷の声が聞こえてきた。何人かいるらしい。いずれも、武家言葉を使ってい
た。
「大内だ！」
菅井が声を殺して言った。
男たちの声のなかに、聞き覚えのある声があった。大内である。それに御使番の草野だ
その場にいる男たちも、すぐに分かった。江川と昭島、それに御使番の草野だ
った。その場にいる男たちが名を口にしたので、知れたのだ。
四人は座敷で酒を飲んでいるらしかった。会話の間に、酒を勧める声や瀬戸物
の触れ合うような音が聞こえた。
……草野、国許から何か知らせがあったか。
男のひとりが、訊いた。大内の声である。
……いえ、ありませんが、森元さまはもうすこしの辛抱だともうされていまし
た。
……そうか。ともかく、早く始末をつけて国許に帰りたいものだな。
大内が言った。

……その前に、もうひと働きしてもらうことになるかもしれませんよ。

草野が、急に声を低くして言った。

……ひと働きとは、なんだ？

……いずれ、大目付の平井と……、場合によっては家老の内藤さまも……。

……おれたちにそこまで、やらせる気か。

このとき、源九郎は、ふたりの会話から森元が平井と内藤の命を狙っていることを知った。

……そのために、大内さまたちに江戸へ来ていただいたようですよ。

……ともかく、山本たちの始末がついてからだな。

大内が低い声で言った。

このやり取りを耳にした源九郎は、森元の狙いがはっきりと分かった。森元は、大内の身を守るために匿《かくま》ったのではない。刺客として、使うつもりだったのだ。狙いは、平井と内藤の暗殺である。

森元は江戸家老の座を狙っていた。そのことは、菊川の自白から分かっていた。森元が江戸家老になるためには、内藤が邪魔なのである。また、大内の行方を追い、事件を糾明しようとしている大目付の平井も始末せねばならない。その刺客として、大内ほど都合のいい男はいないのだ。

大内は富樫流の達人のうえに、国許で勘定方の山本佐之助を斬って江戸に出奔した男である。その大内なら、己の身を守るために大目付の平井を斬ってもおかしくはないし、平井に味方した内藤も斬ったことにすれば、森元が疑われることはない。

……森元はおそろしい男だ。

源九郎は、あらためて森元の恐ろしさを知った。

三

そっと、源九郎たちは戸袋の陰から離れた。

表門の近くにもどった源九郎は、母屋や裏手の土蔵に目をやりながら、

「ここに、大内たちが身を隠していることは、はっきりした。……だが、肝心なのは松之助の監禁場所だ」

と、小声で言った。

「おれは、この隠居所内に監禁されているとみるがな」

菅井が低い声で言った。夜陰のなかで、細い目がひかっている。

「わしも、そうみるが……。まず、裏手の土蔵だな」

源九郎は、土蔵に監禁されているのではないかと思った。

「行ってみよう」

今度は、菅井が先にたった。

三人は、足音を忍ばせて母屋と板塀の間を通って裏手にむかった。

母屋の裏手は台所になっていて、淡い灯が洩れていた。水を使う音が聞こえる。女中か下働きの男が、大内たちのために酒の肴《さかな》を用意しているのかもしれない。

三人は台所の脇を忍び足で通り過ぎ、裏手にまわった。土蔵があった。台所から洩れた灯で、土蔵の出入り口が見えた。頑丈そうな漆喰《しっくい》の扉になっている。番人はいなかった。土蔵は夜陰につつまれ、ひっそりとして物音も人声も聞こえてこなかった。

源九郎たち三人は、そろそろと土蔵の出入り口に近付いた。

「待て」

先にたった源九郎が声を殺して言い、菅井と茂次の足をとめさせた。

源九郎は土蔵の扉の前の地面にいっとき目をやっていたが、

「土蔵は、監禁場所ではないぞ」

と、小声で言った。

源九郎は、台所から洩れる灯で地面に残った足跡を見たのだ。新しい足音はなかったので、最近土蔵に出入りした者はいないと判断したのである。

源九郎は土蔵の前を離れ、板塀の近くまで行ってから、菅井と茂次に土蔵の扉の前に出入りした跡がないことを話した。

「土蔵でないとすると、母屋ということになるが……」

源九郎は、母屋のどこかに監禁場所があるような気がした。

「母屋をまわってみるか」

菅井が、小声で言った。

人影のある広縁の先の座敷には近寄れないが、そこを除けば家の周囲をまわることができるだろう。

「よし」

源九郎たちは土蔵の裏手をまわって、いま通ってきた母屋の反対側にまわってみることにした。

板塀沿いをたどって土蔵の裏へ行くと、板塀に枝折り戸《しおど》があった。

「ここからも、出入りできそうですぜ」

茂次が枝折り戸を指差して言った。

板塀沿いの小径をたどれば、裏手の枝折り戸からも出入りできるようだ。

「なにも、塀を越えて入ることはなかったな」

菅井が肩に手をやりながら言った。菅井の言うとおり、裏手へまわって枝折り戸から入ればよかったのである。

「ともかく、反対側にまわってみよう」

源九郎たちは、ふたたび母屋に身を寄せた。

台所から七、八間先に行くと、雨戸がしめられていた。そこも、座敷になっているらしかった。

「ここかもしれねえ」

茂次が雨戸に耳を近付けた。

かすかに、物音がした。着物を擦るような音である。

「何か、音がしやすぜ」

茂次が、源九郎と菅井に小声で伝えた。

すぐに、源九郎と菅井が雨戸に耳を寄せた。

……だれかいる！

源九郎は着物を畳に擦るような音を耳にした。ひとのいる気配がある。

すると、菅井が、

「だれかいるぞ」

と、小声で言った。菅井もひとのいる気配を感じとったようだ。

……松之助ではないか！

と、源九郎は直感した。

源九郎は、雨戸をコツ、コツとたたいてちいさな音をたてた。すると、着物を畳に擦るような音がやんだ。なかにいる者が、動きをとめて外の気配をうかがっているようだ。

「そこにいるのは、松之助か。……わしは、華町だ」

源九郎が、雨戸に口を近付けて小声で言った。

すると、ウウウッという低い呻《うめ》き声のような音が聞こえた。

……口を塞がれているのかもしれん。

そう気付いた源九郎は、

「松之助なら、何かをたたけ」

と、小声で言った。手足を縛られていても、肘や頭で何かをたたくことはできるはずである。

すると、トン、トン、とちいさな音がした。踵《かかと》で床をたたくような音である。

「松之助、もうすこしの辛抱だ。……助けにくるぞ」

そう声をかけると、源九郎は菅井と茂次をうながしてその場を離れた。

裏手の枝折り戸の前まで来ると、源九郎が足をとめ、

「松之助の監禁場所をつかんだぞ」

と、言った。源九郎の声がうわずっていた。

源九郎は、すぐに踏み込んで松之助を助けてやりたかったが、逸《はや》る心を抑えた。大内たちは、すくなくとも四人いる。しかも、松之助は人質にとられているのだ。迂闊《うかつ》に仕掛けたら松之助を助けるどころか、源九郎たち三人が返り討ちに遭《あ》うだろう。

「ともかく、長屋に帰って策を練るのだ」

源九郎が、菅井と茂次に言った。

「松之助を助けるにしても、山本どのに話してからだな」

菅井も顔をきびしくしている。

「裏手から出よう」

源九郎が言うと、茂次が、

「旦那方は、ちょいと、ここで待っててくだせえ。あっしが、表門の閂をしめてきやすよ」

そう言い残し、茂次は足音を忍ばせて表にもどった。

「これは、気付かなかった」

表門の閂をはずしたまま屋敷を出れば、表門から侵入者がいたことを大内たちに知らせてやるようなものである。

源九郎と菅井が枝折り戸の脇でいっとき待つと、茂次がもどってきた。

「さァ、長屋に帰《けえ》りやしょう」

茂次が言った。

四

「松之助が、いましたか！」

山本が腰を浮かして、声を上げた。

源九郎たちが南飯田町の隠居所に忍び込み、松之助が監禁されているのを確かめた翌朝だった。

源九郎と菅井は、夜が明けるとすぐに山本の家へ出向き、昨夜のことをかいつまんで話したのである。

茂次はこの場にいなかった。茂次は、孫六、三太郎、平太の三人に話し、四人で手分けして隠居所を見張ることにしたのだ。

「まちがいない。松之助は、隠居所に捕らえられている。わしらの動きを封じるつもりで、人質として監禁しているようだ」

源九郎が言い添えた。

「子供を人質にとるとは……！」

山本の顔に、怒りの色が浮いた。松之助が人質にとられたことは分かっていたが、大内たちの手で隠居所に閉じ込められていることがはっきりしたので、新たな怒りを覚えたのだろう。

「それだけではないぞ。大内を匿っているのは留守居役の森元で、己の出世のために、平井さまや江戸家老の内藤さままで手にかけるつもりらしい」

源九郎は、大内たちがそうした話を隠居所でしていたことを山本に伝えた。

「おのれ、大内！」

山本の声が、強い怒りで震えた。

「ともかく、松之助を助け出さねばならぬが、敵は多勢だ。それに人質も取られている。……わしら三人だけで、隠居所に踏み込んだら、大内たちの思う壺だ」

源九郎が言うと、

「松之助を助け出すには、手が足りない」

すぐに、菅井が言い添えた。

「それで、島倉どのに連絡をとってもらいたいのだ。今日の内にも会って、策を練りたい」

「分かった。すぐに、連絡をとる」

山本が立ち上がった。

源九郎と菅井は、山本が戸口から出て行くのを見送った後、

「菅井、めしを食ったら、一眠りしておこう。明日も、ゆっくり眠れないかもしれんからな」

と、源九郎が声をかけた。源九郎たちは、昨夜、ほとんど眠っていなかった。若い者ならともかく、源九郎のような歳になると、無理が体にこたえた。

「めしはあるのか」

菅井が訊いた。

「ない。これから、炊くつもりだ」

「炊かんでいい。おれが、持っていってやる」

「すまんな」

源九郎と菅井はそんな言葉を交わして、山本の家の戸口で別れた。

その日の午後、源九郎の家に、源九郎、菅井、山本、島倉、京塚の五人が集まった。

源九郎は顔を合わせるとすぐ、

「松之助の居所が知れた」

と切り出し、南飯田町の黒田屋の隠居所に忍び込んだ経緯をかいつまんで話した。

「隠居所を黒田屋から借りたのは、森元だ」

菅井が言い足した。

「その森元だがな、江戸家老の内藤さまと平井さままで手にかける気でいるようだぞ」

源九郎は、山本に話したことを島倉と京塚にも話した。

ふたりは驚愕《きょうがく》に目を剝《む》き、いっとき言葉を失っていたが、

「あの男なら、やりかねん！」

島倉が吐き捨てるように言った。

「森元たちの陰謀から、おふたりを守るためにも、松之助を助け出し、大内を討たねばならん」

「いかさま」

島倉が顔をひきしめて言った。

「それで、どうやって松之助を助け出すか。まず、それを相談したい」

源九郎が声をあらためて言った。

「隠居所にいる者は、分かっているのか」

島倉が訊いた。

「昨夜いたのは、大内、昭島、江川、それに草野という男だ。……ほかに、女中か下働きの者がいるかもしれん」

「四人とも、腕がたつな」

島倉によると、御使番の草野もなかなかの遣い手だという。

次に口をひらく者がなく、五人の男は黙考していたが、

「先に松之助を助けねばならんが……。大内たちを表に引きつけておいて、その間に裏手から踏み込んで助けるしかないな」

源九郎が男たちに視線をまわして言った。

「その手で、いきましょう」

島倉が同意した。

菅井や山本もうなずき、隠居所の表と裏から二手に分かれて踏み込むことになった。

「それで、島倉どのたちは何人ほどになるかな」

源九郎は、この場にいる五人では足りないとみていた。

「それがしと京塚、宇津木……。それに、目付筋から腕の立つ者をふたり同行します」

「総勢、八人か」

源九郎、菅井、山本、それに島倉たち目付が五人である。

「それだけいれば、なんとかなるな」

隠居所内に大内たちが四人いるとして、味方は倍の八人である。

「裏手にまわるのは、わしと山本どの、それに京塚どのに頼もうか」

「松之助を助けるのに、三人でいいのか」

菅井が訊いた。

「十分だ」

源九郎は、討っ手の一隊が表から踏み込んだと大内たちにみせるためにも、表からの人数を多くした方がいいと思った。それに、大内たちを表に引き出すので、隠居所内に腕のたつ者は残らないはずである。

「それで、踏み込むのは、いつ？」

島倉が訊いた。

「こちらの動きが知れないように、早く仕掛けた方がいい。明日の未明は、どうかな」

すぐにこの場を離れて藩邸にもどれば、島倉たちも間に合うはずである。

「承知した」

島倉がけわしい顔をしてうなずいた。

# 五

島倉と京塚が戸口から出た後、

「それがし、松之助とふたりで、大内を討たねばなりません」

山本が、源九郎と菅井に目をむけて言った。物言いは静かだったが、声に重いひびきがあった。双眸《そうぼう》には、切っ先のような鋭いひかりが宿っている。

……山本に迷いはないようだ。

と、源九郎はみた。山本は敵討ちに戸惑いと不安をもっていたようだが、松之助が人質に取られたことで大内に対する強い怒りを覚え、戸惑いや不安を払拭《ふっしょく》したらしい。

「承知しているが、その前に松之助を助け出さなければ、敵討ちはできんぞ」

「……」

山本がうなずいた。

「松之助を助けた後、すぐに表にまわって、大内を討つしかないな」

源九郎も、助太刀にくわわるつもりでいた。

「心得た」

　山本は、けわしい顔のままうなずいた。

　その日の夕方、孫六と平太が長屋にもどってきて、隠居所に大内たちがいることを伝えた。茂次と三太郎は、いまも隠居所を見張っているという。

　源九郎は、孫六たちに、明日の未明、島倉たちとともに隠居所を襲うことを話し、

「すまぬが、手分けして明日の朝まで、見張りをつづけてくれ」

　と、あらためて頼んだ。

「承知しやした。……なに、御用聞きは、夜通し張り込むこともめずらしいことじゃァねえんでさァ」

　孫六が胸を張って言った。


　源九郎が家から出ると、頭上に星空がひろがっていた。はぐれ長屋は夜の帳につつまれ、ひっそりと寝静まっている。

　長屋の井戸端まで行くと、いくつかの人影があった。菅井、山本、それに孫六と平太の姿もあった。これから南飯田町の隠居所へ行くのだが、孫六と平太も行くと言い出したので、連れていくことにしたのである。

「まいろうか」

源九郎が声をかけると、男たちは無言でうなずいた。

夜陰のなかで、男たちの目が青白くひかっている。暗闇のなかで、獲物を待つ狼のような目である。

源九郎たちは、竪川沿いの道に出た。頭上の月が辺りを照らし、提灯《ちょうちん》はなくとも歩くことができた。

源九郎たちは大川端を川下にむかって歩き、永代橋を渡って日本橋から八丁堀に出た。そして、八丁堀の亀島河岸を南にむかい、本湊町に入った。大川の河口沿いの道を南にむかえば、南飯田町はすぐである。

明石町に入ってしばらく歩くと、前方に明石橋が見えてきた。橋のたもとに、何人かの人影があった。

「島倉どのたちだ」

菅井が言った。

源九郎たちは、明石橋のたもとで島倉たちと待ち合わせることにしてあったのだ。

待っていたのは、五人だった。初めて見る男がふたりいた。ふたりは垣崎藩の目付で、増山重蔵《ますやまじゅうぞう》と西村新之丞《にしむらしんのじょう》と名乗った。新たにくわわった者である。

「隠居所に変わった様子はないようだ」

島倉たちは、この場にくる前、隠居所の前を通ってそれとなく様子を見たという。

「まだ、気付いてないようだな」

源九郎が言った。

「行きますか」

「そうだな」

源九郎たちは、南にむかって歩いた。

南飯田町に入っていっとき歩くと、前方に隠居所が見えてきた。灯の色はなく、夜陰のなかに屋敷の黒い輪郭だけがぼんやりと識別できた。

隠居所をかこった板塀の近くまで来たとき、身をひそめていた茂次と三太郎が源九郎のそばに走り寄った。

「どうだ、変わりないか」

源九郎が訊いた。

「へい、家のなかに、何人かいるようですぜ」

茂次によると、家のなかから数人の人声が聞こえたという。いずれも、武家言葉を遣ったそうだ。

源九郎は足をとめて孫六も呼び、ふたりに身を寄せると、

「孫六と茂次に、頼みがある」

と、ふたりの耳元で言った。

「何です？」

孫六が、目をひからせて訊いた。

「三太郎と平太にも、話してな。わしらが踏み込んだ後、表と裏に分かれ、門の近くに張り込んでくれ」

「どういうことで？」

「おそらく、隠居所から逃げるやつがいる。そいつを尾《つ》けて、行き先をつきとめてほしいのだ」

大内や昭島は松之助が助け出されたことを知り、源九郎たちが大勢とみれば、あえて闘わずに逃げるのではあるまいか。

「いいか、捕らえようなどと思うなよ。……気付かれないように、行き先を突きとめるのだぞ」

源九郎が念を押すように言った。

東の空が、ほんのりと明らんできた。筋雲が、茜色《あかねいろ》に染まっている。夜陰が薄れ、隠居所や木々の輪郭がはっきりしてきた。そろそろ払暁である。

「わしらは裏手へまわるぞ」

源九郎、山本、京塚の三人は、隠居所をかこった板塀の脇をたどって裏手にまわった。

そして、枝折り戸を押してなかに入ると、土蔵の脇に身を寄せて辺りの様子をうかがった。物音も話し声も聞こえなかった。隠居所は夜明け前の静寂《しじま》につつまれている。大内たちは、眠っているのだろう。

源九郎たち三人は、足音を忍ばせて土蔵の脇を通って台所のところまで来た。背戸がある。源九郎は、松之助が監禁されているのは、台所から二つ目か三つ目の部屋と見当をつけていた。台所から侵入し、奥の部屋から見ていけば、大内たちが駆け付けるより先にたどりつけるはずである。

源九郎は背戸の板戸を引いてみた。ゴトッ、音がしてすこし動いたが、あかなかった。心張り棒がかってあるらしい。

「それがし、やってみます」

京塚は引き戸の前に来ると、

「こんなこともあろうかと思い、用意してきました」

と言って先の尖《とが》った小柄《こづか》を取り出した。

京塚は板戸の板の隙間から小柄を差し込み、縦に動かしていたが、ふいに板戸の向こうで、カランという音がした。心張り棒がはずれて、土間に落ちたらしい。

京塚は聞き耳を立てて、なかの物音を聞いていたが、

「目を覚ました者はいないようです」

と声をひそめて言い、そろそろと引き戸をあけた。

源九郎たち三人は、足音を忍ばせて台所に踏み込んだ。なかは暗かったが、明かり取りの窓から払暁の仄明《ほのあ》かりが射し込み、竈《へっつい》や流し場などをぼんやりと浮き上がらせていた。

源九郎たちは流し場の脇にかがみ、なかの様子をうかがった。

台所の土間の先に狭い板間があり、その先が廊下になっていた。廊下の左右が座敷になっているらしく、障子がたててあった。松之助が監禁されている部屋

は、廊下の右手にあるはずである。

そのとき、どこかの座敷で夜具を撥《は》ね除《の》けるような音がし、つづいて畳を踏むような音がした。

「だれか、起きたようだぞ」

源九郎が声を殺して言った。

「踏み込みましょう」

山本が腰を上げた。

「待て！　島倉どのたちが、表から踏み込むころだ」

表から踏み込めば、だれが目を覚ましたにしろ表に気を取られるはずだ。その隙に、踏み込むのである。

六

表の方で荒々しい足音が聞こえ、つづいて床を踏む音や障子をあけはなつ音がひびいた。島倉たちが、表から踏み込んだらしい。

すると、廊下の先の部屋から、夜具を撥ね除ける音や男の怒鳴り声が聞こえ、「踏み込んできたぞ！」「起きろ、敵だ！」などという叫び声が聞こえた。大内たちが、目を覚ましたようだ。

「行くぞ！」

源九郎が立ち上がり、土間から板敷きの間に踏み込んだ。山本と京塚がつづく。

そのとき、廊下の先でドタドタと床を踏む音が聞こえた。見ると、黒い人影がこちらに走ってくる。男の寝間着が乱れ、廊下の澱《よど》んだような闇のなかに胸と両足が白く浮き上がったように見えた。この男は、草野八郎だった。源九郎は宇津木から草野の名は聞いていたが、顔を見るのは初めてである。隠居所に、大内との連絡のために来ていたのだろう。

……人質の松之助を連れにきたのだ！

と、源九郎は察知した。

「あやつは、わしが引き受けた」

一声上げ、源九郎は抜刀すると、廊下を走ってくる草野にむかった。

ふいに、草野が廊下の先で足をとめた。

「裏からも、来たぞ！」

叫びざま、草野が抜刀した。

かまわず、源九郎は低い八相に構えて草野に近付いた。

「うぬは、島倉の手の者か！」

草野が誰何《すいか》した。草野も、源九郎を初めて目にしたのである。

源九郎は無言のまま斬撃の間境に迫った。

「お、おのれ！」

草野が目をつり上げ、抜刀して切っ先を源九郎にむけた。

やや剣尖《けんせん》が上がっていた。刀身が、かすかに震えている。真剣での斬り合いの恐怖と興奮で、体が硬くなっているのだ。

かまわず、源九郎は斬撃の間境に踏み込むや否や仕掛けた。

ヤアッ！

鋭い気合を発して斬り込んだ。

走り寄りざま八相から袈裟《けさ》へ——。膂力《りょりょく》の籠った斬撃である。

咄嗟《とっさ》に、草野は刀を振り上げて、源九郎の斬撃を受けた。瞬間、体勢がくずれ、後ろに大きくよろめいた。身が硬くなり腰が引けていたために、源九郎の強い斬撃を受けて腰がくだけたのである。

すかさず源九郎は踏み込み、さらに袈裟へ斬り込んだ。

草野は、ふたたび刀を上げて斬撃を受けようとしたが、間に合わなかった。

ザクリ、と肩から胸にかけて裂けた。草野は絶叫を上げて、身をのけ反らせた。肩口から勢いよく噴出した血が、バラバラと音をたてて障子を打ち、赤い斑《まだら》に染めていく。

草野は血を撒《ま》きながら後じさったが、足がとまると、両膝を廊下についてうずくまった。噴出した血が、小桶で撒いたように廊下に飛び散っている。

……この男、長くはない。

と、源九郎はみてとり、反転した。松之助を助けねばならない。

源九郎が草野と闘っているとき、山本と京塚は板間から廊下に出ていた。すぐに、台所に近い座敷の障子をあけはなった。

なかは暗かった。六畳の部屋の隅に屏風や箪笥《たんす》が置いてあったが、がらんとして人気がなかった。闇がよどみ、埃《ほこり》っぽい感じがした。長く使われていない部屋らしい。

「ここではない！」

山本はすぐに部屋から出ると、廊下を走り、次の間の障子をあけた。

そこも、薄暗かった。突き当たりの雨戸の隙間から、かすかに仄白いひかりが差し込んでいる。

座敷の隅に黒い人影があった。角の柱のそばに座り込んでいる。畳に尻をつき、背を柱にあずけていた。

「松之助！」

山本が近付いて声をかけた。

「……叔父上！」

人影が、かすれるような声で言った。松之助である。柱に縛られているようだ。

松之助は父上と呼ばずに、叔父上と呼んだ。ふたりだけのときは、そう呼んでいたのだろう。

「松之助、無事か！」

山本が、走り寄った。

薄闇のなかに、松之助の青白い顔が浮かび上がっていた。いまにも泣き出しそうに、顔をゆがめている。

松之助は憔悴《しょうすい》し、ひどく痩せていた。肉をえぐり取ったように頬がこけ、目が異様にひかっていた。食事もまともに出さなかったにちがいない。髪はぼさぼさで、襟元から汗の臭いがした。頬や額に、何かで打たれたような腫《は》れや痣《あざ》があった。大内たちが、松之助から山本や源九郎たちのことを聞き出すために、打《ちょう》擲《ちゃく》したのだろう。

「いま、助けてやるぞ」

山本は小刀を抜くと、後ろ手に柱に縛り付けられている縄を切ってやった。

松之助は立ち上がると、

「叔父上……」

とつぶやいて、山本の顔を見上げた。体が揺れている。

山本は思わず、松之助を抱き締めた。松之助の痩せた体が山本の腕のなかで、びくびくと顫《ふる》えた。

……子供にまで、むごい仕打ちをしおって！

山本は松之助を抱きながら、大内に対する強い怒りを覚えた。

そのとき、廊下に出て表の様子を見ていた京塚が、「華町どのだ」と声を上げた。

源九郎は小走りに京塚の前まで来ると、

「どうした、松之助は助けたか」

と、すぐに訊いた。

「はい、無事のようです」

京塚が声を大きくして言った。

「よかった……」

源九郎は、廊下から部屋を覗き、

「山本どの、大内たちとの闘いが始まったようだぞ」

と、山本に声をかけた。

山本の耳にも、表の方から気合、怒号、刀身のはじき合う音などが聞こえてきた。

山本は、「すぐに、行く」と源九郎に答えた後、

「松之助、歩けるか」

と、松之助の肩をつかみ、顔を見つめながら訊いた。

「は、はい」

「父の敵を討たねばならんのだ」

山本が語気を強めて言った。穏やかそうな顔付きは一変していた。顔が怒りと

激しい闘気で紅潮し、双眸が燃えるようにひかっている。

# 七

「手向かう者は斬れ！」

島倉が叫んだ。

表にまわった島倉、菅井、宇津木、増山、西村の五人は、隠居所の戸口を取りかこむように立っていた。

そこへ、大内、江川、昭島、鳥山の四人が、次々に飛び出してきた。先手組の鳥山も、隠居所に来ていたのだ。

四人とも寝間着姿だった。裾を帯に挟み、両脛をあらわにしている。いずれも、手に大刀を引っ提げていた。寝間から出るおり、置いてあった刀を手にしたのだろう。

「おのれ、島倉！」

大内が吼《ほ》えるような声で叫び、手にした大刀を抜き放って、黒鞘を足元に捨てた。

江川たち三人も、次々に抜刀した。

「かまわん、斬れ！」

叫びざま、島倉が抜刀した。すぐに、江川たち三人も抜いた。

菅井は素早い動きで江川の前にまわり込むと、刀の柄を握り、居合腰に沈めて居合の抜刀体勢をとった。大内とは、離れた場所に立っていた。山本と松之助に敵を討たせるため、大内は源九郎や山本たちにまかせようと思ったのである。

菅井は足裏を擂《す》るようにして、江川との間合をつめ始めた。

江川は青眼に構え、切っ先を菅井の目線につけていた。腰の据わった隙のない構えだが――。

……気が乱れている！

と、菅井はみてとった。

江川は突然襲われたことで動転し、興奮して平常心を失っているようだ。

江川の体に力みがあり、肩には凝《こ》りがあった。気が異様に昂《たかぶ》っているため、体に力が入り過ぎているのだ。肩の凝りは一瞬の太刀捌《たちさば》きを遅くし、体の力みは体の反応をにぶくする。

菅井は居合の抜刀の間境に踏み込むや否や仕掛けた。

イヤアッ！

裂帛《れっぱく》の気合と同時に、シャッ、という刀身の鞘走る音がし、菅井の腰元から閃《せん》光《こう》がはしった、

袈裟へ――。

電光石火の抜き打ちである。

瞬間、江川は身を引いた。体が反応したらしい。だが、間に合わなかった。

サーッ、と寝間着が裂けた。次の瞬間、肩から胸にかけて肌があらわになり、血の線がはしった。

ギャッ！

絶叫を上げ、江川が身をのけ反らせた。

江川は刀を取り落として、後ろによろめいた。傷から迸《ほとばし》り出た血が、肩から胸にかけて真っ赤に染めていく。

江川は踵を何かにひっかけ、大きく体勢をくずして転倒した。

伏臥《ふくが》した江川は首をもたげ、這って逃れようとしたが、すぐに首が落ちて俯《うつぶ》せになった。肩から流れ出た血が、地面に落ちて赤くひろがっていく。

菅井はすぐに納刀し、鳥山の左手にまわり込んだ。

そのときだった。戸口で複数の足音がし、源九郎と京塚が飛び出してきた。さ

らにその後ろから、山本と松之助が姿をあらわした。

　これを見た大内が、

「逃げろ！」

　と叫び、刀を振り上げて、対峙《たいじ》していた島倉に走り寄りざま斬りつけた。

　鎧《よろいぎ》斬りの剛剣である。

　咄嗟に、島倉は右手に体を寄せながら刀身を払った。

　甲高い金属音とともに青火が散り、ふたりの刀身がはじき合った。次の瞬間、島倉は腰がくずれてよろめいた。大内の強い斬撃に押されたのである。

　大内は島倉に追いすがって二の太刀を浴びせれば、仕留められたかもしれない。だが、大内は島倉の脇を走り抜け、表門の方へ走った。足をとめると、逃げられなくなるとみたのである。

「逃がすな、追え！」

　島倉が叫んだ。

　一方、昭島と鳥山も逃げようとし、必死の形相で相対していた宇津木と増山に斬りかかった。

　思わず、宇津木が脇に身を引いた。昭島の剣幕に押されたのである。

昭島は、刀を振り上げたまま宇津木の脇を走り抜けようとした。そのとき、宇津木が反転して、刀身を横に払った。俊敏な動きである。

昭島の左袖が横に裂けて二の腕から血が噴出したが、足をとめなかった。そのまま走っていく。

「大内と昭島が、逃げるぞ！」

島倉が走りだし、つづいて戸口から出てきた源九郎と山本たちが後を追った。

鳥山も増山に斬りかかったが、増山に刀身をはじかれて体勢をくずした。鳥山は間合をとり、上段にふりかぶった。

すると、菅井が抜刀体勢をとったまま、

「おれが、相手だ！」

と叫び、スーッと左手から身を寄せた。

鳥山は菅井の動きを目の端でとらえ、体を菅井にむけて応戦しようとした。

「遅い！」

菅井が一声上げて、抜きはなった。

居合の抜き付けの一刀が、稲妻のように袈裟にはしった。その切っ先が、鳥山の首筋をとらえた。

瞬間、鳥山の首が横にかしぎ、首から血が驟雨《しゅうう》のように飛び散った。切っ先が首の血管《ちくだ》を斬ったのだ。

鳥山は血を激しく噴出させながらよろめき、足がとまると腰からくずれるように転倒した。地面に横たわった鳥山は、四肢を痙攣《けいれん》させていたが、悲鳴も呻き声も上げなかった。首筋から流れ出た血が地面を打ち、その音が妙に生々しく聞こえた。

……ふたり、片がついたぞ。

菅井が、血刀を引っ提げたままつぶやいた。

前髪が額に垂れ、顎のとがった顔が返り血を浴びて赭黒《あかぐろ》く染まり、細い目がうすくひかっている。般若《はんにゃ》のような形相である。

島倉、源九郎、山本、松之助の四人が、大内と昭島を追って表門から走り出た。さらに、宇津木も飛び出してきた。

大内と昭島は、大川の河口沿いの道を川下にむかって走っていく。ふたりとも足は速かった。

すでに、朝陽が江戸湊の水平線の先に顔を出し、海原を淡い朱に染めていた。

風がなく、海は凪《な》いでいた。朱に染まった海原がゆるやかな波の起伏を刻み、水平線の彼方までひろがっている。

源九郎は足をとめた。追いつけないとみたのである。島倉や山本たちも、源九郎のそばに来て足をとめた。

大内と昭島の後ろ姿が、通りの先に遠ざかっていく。

「……逃げられた」

山本が無念そうに言った。

そのとき、源九郎は、通りの先に茂次たちの姿を目にした。通り沿いの店の軒下や樹陰などに身を隠しながら、大内たちの後を追っていく。

「逃がすなよ」

源九郎が、ふたりの後ろ姿を見すえて言った。

# 第六章　敵討ち

## 一

陽はだいぶ高くなっていた。五ツ（午前八時）ごろではあるまいか。源九郎や山本たちは、まだ隠居所にいた。

「華町、茂次たちは、ここにもどるとみているのか」

菅井が源九郎に訊《き》いた。

ふたりは木戸門の前に立ち、大内たちが逃げた通りの先に目をやっていた。

島倉や山本たちは、門のなかにいた。台所近くの奉公人の住む部屋に、下働きの百助《ももすけ》という初老の男がいたので、島倉や京塚が話を聞いていたのだ。そのとき、分かったのだが、上柳原町の隠れ家に大内たちの衣類を取りに行ったのは百助であった。

「だれか、もどってくるはずだ」

源九郎は、茂次たちが四人で大内と昭島の跡を尾《つ》けていくのを見ていた。大内たちが、どこかに身を隠せば、四人のうちのだれかが知らせに戻るはずである。それに、大内たちが遠くまで逃げるとは思わなかった。昭島は左腕に傷を負っていたし、ふたりは寝間着姿だった。ひとまず近くにある森元の配下の住む町宿にでも逃げ込み、傷の手当をしてから着替えるのではあるまいか。

「おい、来たぞ」

菅井が声を上げた。

通りの先に、平太の姿が見えた。走ってくる。足が速い。平太は足が速いだけでなく、持久力もあった。火急の知らせのおりに、平太ほど役にたつ者はいないだろう。

平太は源九郎と菅井に走り寄ると、

「ふたりが、隠れ家に入《へえ》りやした」

と、荒い息を吐きながら言った。

「隠れ家だと？」

思わず、源九郎が聞き返した。

「上柳原町の借家でさァ」

「そうか！」

元々、大内たちの隠れ家は、上柳原町にあったのだ。その隠れ家を源九郎たちにつかまれたとみて、大内たちは南飯田町の隠居所に変えたのである。

前の隠れ家に、ひとまず戻ったようだ。多少、衣類も残っているにちがいない。そう長くはいられないが、二、三日なら身を隠せると踏んだのであろう。それに、寝間着姿では遠くまで逃げられないのだ。

「茂次たちは？」

「借家を見張っていやす」

「よし、すぐに手を打とう」

上柳原町は、近かった。南飯田町の隣町である。

源九郎は菅井とともに門内にとって返すと、戸口にもどっていた山本と島倉に、長屋の者が大内たちの跡を尾けて逃げ込んだ先をつかんだことを伝え、

「大内を討つなら、今日のうちに仕掛けた方がいい」

と、言い添えた。

「承知した」

山本が顔をひきしめて言った。

上柳原町に向かうことになったのは、源九郎、菅井、島倉、山本、松之助、それに京塚だった。宇津木、増山、西村の三人もくわわりたいと言ったが、島倉が隠居所に残って後始末をするよう指示した。相手は、大内と昭島のふたりである。いかに、ふたりの腕がたっても、六人いれば十分である。

「松之助、いよいよ父の敵を討つときがきたぞ」

山本が松之助に言った。

「は、はい！」

松之助が眦《まなじり》を決してうなずいた。

源九郎たち六人は、大川の河口沿いの道を南にむかった。ちらほら人影があった。風呂敷包みを背負った行商人、雲水、地元の漁師などである。源九郎たちに目を向ける者もいたが、不審の色も浮かべずに通り過ぎていく。

やがて、前方に大内たちが隠れ家にしていた借家が見えてきた。源九郎たちが近付くと、路傍の樹陰に身を隠していた茂次が走り寄った。

「大内と昭島はいるな」

源九郎が念を押すように訊いた。

「おりやす」

「裏手は？」

裏口から逃げるかもしれない。

「台所が裏手にあり、そこから出られるようでさァ」

源九郎と茂次のやり取りを聞いていた菅井が、

「おれが裏手にまわろう」

と言うと、京塚が、それがしも、と脇から言った。

表の戸口から、源九郎、島倉、山本、松之助が踏み込み、裏手は菅井と京塚がかためることになった。ただ、大内たちの動きによっては、表か裏に全員が駆け付けることになろう。

「まいろうか」

源九郎たちは、借家にむかった。

家の近くまで来ると、菅井と京塚が脇の空き地をたどって裏手にまわった。空き地といっても隣家との間の狭い場所で、丈の低い雑草でおおわれていた。

「支度をしよう」

山本は用意した襷《たすき》を懐から取り出し、一本を松之助に渡した。源九郎と島倉は、袴の股だちをとっただけである。

ふたりは、襷で両袖を絞り、袴の股だちをとった。

支度を終えた四人は家の前まで来ると、山本が足をとめ、

「松之助、大内の左手にまわり、おれが、討て！　と声をかけたら、真っ向に斬りこめ」

と、静かだが、重いひびきのある声で言った。

山本の顔はひきしまり、双眸《そうぼう》が燃えるようなひかりをはなっていた。山本の胸の内には、大内に対する強い怒りがあるようだ。

「は、はい！」

松之助が目をつり上げて言った。

げっそり痩せて、体付きはいかにも頼りなげだった。それでも、山本を見上げた顔には必死の表情があり、目には鋭いひかりが宿っていた。

「踏み込もう」

源九郎が、山本と松之助に声をかけた。

表戸は板戸だった。戸締まりはしてないらしく、一寸ほどあいたままになって

いる。

山本が板戸をあけた。

二

土間の先が、すぐ座敷になっていた。人影はない。その座敷の先に、襖がたてであった。襖の向こうに、人のいる気配がある。

「大内源之助、姿を見せろ！」

山本が声を上げた。

先に土間に入ったのは、山本と松之助だった。

源九郎と島倉は、まだ外にいた。ここから先は、できるだけ山本と松之助にまかせようと思ったのである。

すると、襖の向こうで人の立ち上がるような気配がし、襖があいた。

姿を見せたのは、大内だった。左手に大刀を持っている。

大内の背後の座敷に長火鉢があり、座布団が置かれていた。そこは居間らしい。もうひとり、座敷に立っている武士がいた。顔は見えなかったが、がっちりした体軀《たいく》からみて昭島であろう。

「山本と松之助か」

大内がそう言ったとき、大内の脇から昭島が顔を出した。左袖の裂け目から、白い晒《さらし》が見えた。腕の傷口に巻いたらしい。その左手に大刀を持っていた。それほどの深手では、なかったようだ。

「大内源之助、父の敵！」

いきなり、松之助が甲走った声で叫んだ。

「おれは兄の敵だ！」

山本も、怒りのこもった声で言った。

「ふたりそろって、おれに斬られにきたか」

大内の口元に薄笑いが浮いた。

そのとき、昭島が山本の背後の戸口に目をやり、

「おい、華町と島倉がいるぞ」

と、顔をしかめて言った。

「……多勢だな。四人もで、取りかこんで斬る気か」

大内は揶揄《やゆ》するように言ったが、目は殺気だっていた。

「助太刀は、わしだけだ。……ただし、昭島もやるなら島倉どのにも手を貸して

もらうことになるな」

源九郎の声には、いつになく鋭さがあった。

「うむ……」

大内は、山本と松太郎を睨んだまま口をとじた。この場から逃げるかどうか、逡巡《しゅんじゅん》しているようだ。

「逃げられんぞ。裏手も、かためてある」

源九郎が言った。

「やるしかないようだな」

大内は、左手でつかんだ大刀を腰に差した。

すると、昭島も刀を差した。やる気らしい。顔がこわばっていたが、怯《おび》えや恐怖の色はなかった。腕に覚えがあるからであろう。

「表へ出ろ！」

山本が叫び、松之助とともに土間から外へ出た。家のなかは狭過ぎて、存分に刀をふるうことはできない。

源九郎と島倉はすばやく通りまで引き下がり、左右に目をやった。通りの先に、こちらに歩いてくる船頭ふうの男と網代笠《あじろがさ》をかぶった雲水の姿が見えた。ふたりだけなら、斬り合いの邪魔になることはないだろう。

山本や大内たちがばらばらと通りに飛び出すと、通りかかったふたりは異変を察知したらしく、路傍に足をとめた。そのまま、遠方から山本や大内たちを見つめている。

「父の敵！」

叫びざま松之助が刀を抜き、大内の左手に走った。

松之助は真剣勝負の気の昂《たかぶ》りと恐怖で顔がこわばり、目がつり上がっていた。大内にむけた切っ先が、小刻みに震えている。

「大内、うぬはおれが斬る！」

山本が強い声で言って抜刀した。

山本の顔は、朱を刷《は》いたように紅潮していた。大内を睨むように見すえた双眸に、怒りの炎があった。闘気がみなぎっている。

「返り討ちにしてくれるわ！」

大内も抜いた。

源九郎は、大内の右手にまわってから刀を抜いた。

昭島は戸口から外に出ると、戸惑うように視線をまわしていたが、島倉が前に立ったのを見て刀を抜いた。ここは、闘うしかないとみたようだ。

そのとき、家の脇から菅井と京塚が姿が見せた。裏手から逃げることはないとみたらしい。菅井たちにも、表のやり取りが聞こえていたのだろう。

京塚は、すぐに昭島の左手にまわり込んで切っ先をむけたが、菅井は路傍に立ったまま大内に目をむけていた。山本たちとの闘いの様子をみて、助太刀にくわわるつもりなのだろう。

「いくぞ！」

山本は青眼に構え、切っ先を大内にむけた。

ふたりの間合は、およそ四間――。まだ、遠間《とおま》である。

大内は刀を振り上げ、八相に構えた。両肘を高くとり、刀身を垂直に立てた。鎧《よろい》斬《ぎ》りの構えである。

松之助と大内との間合は、四間半ほどあった。すこし遠い。山本の、討て、という声を待ってから斬り込むつもりなのである。ただ、松之助の構えには、すぐにでも斬り込んでいきそうな気配があった。敵の大内を目の前にして、気が逸《はや》っているにちがいない。

源九郎は八相に構えていた。間合は山本たちとほぼ同じ、四間ほどである。源九郎は全身に気勢を込め、斬撃の気配を見せていた。牽制《けんせい》だった。大内の意識を源九郎にむけさせることで、山本に対する剣気を削ごうとしたのである。

……これが、鎧斬りの構えか！

山本は、大内の構えに威圧を感じた。

大内の八相の構えは、その大柄な体とあいまって上から覆いかぶさってくるような威圧感があった。

だが、山本は臆さなかった。腹の底から衝《つ》き上げてくるような闘気があった。それは、兄を暗殺し、まだ子供の松之助を人質にとった武士からぬ大内の所業に対する怒りの炎かもしれない。

山本は身を引かずに、青眼に構えた剣尖《けんせん》に気魄《きはく》を込めた。

松之助も興奮と恐怖に身を顫《ふる》わせていたが、尻込みするようなことはなかった。父の敵を討つために、歯を食いしばって大内に立ち向かっている。

三

大内は趾《あしゆび》を這《は》うように動かし、ジリジリと間合をつめてきた。大柄な体に気勢が漲《みなぎ》り、巨岩が迫ってくるような威圧感があった。

山本は動かなかった。剣尖に気魄を込め、大内の威圧に耐えている。ふたりの間の緊張と剣気が高まり、斬撃の気配が満ちてきた。

このとき、源九郎はふたりの動きを見ながら、

……このままでは、山本どのがあやうい！

と、みた。大内は、源九郎の斬撃の気配に気を奪われることなく、山本に剣気を集中させていた。このままでは、鎧斬りの渾身《こんしん》の一撃が山本にみまわれるだろう。

山本は鎧斬りの剛剣は受けきれない、と源九郎はみた。刀を振り上げて大内の斬撃を受ければ、刀ごと斬り下ろされるか、大きく体勢をくずされるかである。

源九郎は、すぐに動いた。大内の山本にむけられた剣気を削ごうと思ったのである。

足裏で地面を擢《す》り、ズッ、ズッ、と音をさせながら大内の右手から間合をつめ始めた。すると、大内の気が乱れた。右手から迫る源九郎の動きと足音とで、大内の意識が源九郎にむけられたのだ。

大内の寄り身がとまった。一足一刀の間境の一歩手前である。

チラッ、と大内の視線が源九郎にむけられ、一瞬、八相の構えがくずれた。

この隙を山本がとらえた。

タアッ！

鋭い気合とともに、山本の体が躍動した。

青眼から刀身を振り上げざま袈裟《けさ》へ。

咄嗟《とっさ》に、大内は身を引きざま八相から袈裟に斬り込んだ。俊敏な動きである。

鎧斬りの太刀筋だった。

袈裟と袈裟——。

ふたりの刀身が合致し、甲高い金属音がひびき、青火が散った。

一瞬、ふたりの刀身がとまった。山本が大内の鎧斬りを受けたのだ。大内が身を引きざまはなったため、膂力《りょりょく》の籠った強い斬撃にはならなかったのだ。

ふたりは刀身を合致させたまま、顔を近付けて睨み合った。鍔《つば》迫《ぜ》り合いである。

だが、すぐにふたりは相手の刀身を押しざま背後に跳んだ。離れながら、ふたりは二の太刀を袈裟と籠手《こて》にはなったが、いずれも切っ先が空を切った。間合が遠かったのである。

ふたりは、ふたたび青眼と八相に構え合った。

「鎧斬り、受けたぞ！」

山本が大内を見すえて言った。

「そうかな。……次は、うぬの頭を斬り割ってくれるぞ」

大内が口許に薄笑いを浮かべて言った。

だが、山本にむけられた目は笑っていなかった。牙を剝《む》いた猛虎のように炯々《けいけい》とひかっている。

大内は両肘をさらに高くとり、刀を垂直に立て、切っ先で天空を突くように構えた。大きな構えである。

「いくぞ！」

大内は、足裏を摺るようにして間合をつめてきた。

さきほどより、寄り身が速い。見る間に、斬撃の間境に迫ってきた。

青眼に構えた山本の切っ先が、小刻みに揺れた。大内の速い仕掛けに、戸惑っている。

これを見た源九郎は、

……同じ手はつうじぬ！

と、察知した。

このままでは、山本が後れをとる。源九郎は八相に構えたまま、すばやい動きで大内との間合をせばめ始めた。

山本と大内。源九郎と大内。——それぞれの間合が一気にせばまった。

源九郎は、一足一刀の間境の二歩ほど手前で仕掛けた。大内が山本との斬撃の間境を越える前に、剣気を乱そうとしたのである。

イヤアッ！

裂帛《れっぱく》の気合とともに、源九郎の体が躍動した。

踏み込みざま八相から袈裟へ——。

刹那《せつな》、大内は体をひねって源九郎の斬撃を受けようとした。そのとき、大内の左半身の背が山本に見えた。

源九郎の斬撃は、空を切って流れた。遠い間合から仕掛けたため、大内にとどかなかったのである。

だが、山本は大内が背をむけた一瞬の隙を逃がさなかった。

タアッ！

鋭い気合とともに山本の体が躍り、閃光《せんこう》がはしった。

青眼から袈裟へ——。

ザクッ、と大内の肩から背にかけて着物が裂けた。次の瞬間、あらわになった肌に血の線がはしり、血が迸《ほとばし》り出た。

だが、大内は素早い動きで後じさり、大きく間合をとると、ふたたび鎧斬りの八相に構えた。

「お、おのれ！」

大内は怒りに顔をゆがめて叫んだ。

顔が怒張したように赭黒《あかぐろ》く染まり、目がつり上がり、歯を剝き出していた。憤怒の形相である。八相に構えた刀身が、小刻みに震えている。激しい怒りで、体まで顫えているのだ。

……勝てる！

と、源九郎はみてとった。

大内は平常心を失っていた。鎧斬りは敵との間合の読みと気の集中が大事なはずだが、激情はそうした読みと気の集中を失わせる。

と、山本が動いた。山本も大内が激情にかられ、平常心を失っているのをみてとったようだ。

大内も、八相に構えたまま間合をつめてきた。憤怒で体が顫え、八相の構えがくずれている。

一気に、ふたりの間合がせばまっていく。

──あと、一歩。

大内が斬撃の間境を越えようとしたとき、突如、源九郎が、ヤアッ！　と鋭く気合を発した。

その気合で、大内の視線が源九郎に流れた。

瞬間、山本の全身に斬撃の気がはしった。

タアッ！

裂帛の気合と同時に、山本の体が躍り、閃光がはしった。

踏み込みざま真っ向へ。

一瞬後れ、大内が、鋭い気合を発して斬り込んだ。

八相から袈裟へ。

山本の切っ先が大内の肩を深く斬り割り、大内の切っ先は山本の着物の肩から胸にかけて切り裂いた。

グワッ！

大内が吼《ほ》えるような叫び声を上げて、身をのけぞらせた。肩から激しく血が、噴出している。

山本は体勢をくずして後ろによろめいたが、大内が刀を下ろしているのを目にし、

「松之助、討て！」

と、叫んだ。

すると、松之助が踏み込み、

「父の敵！」

と叫びざま、真っ向へ斬り込んだ。

その切っ先が、身をのけぞらせた大内の首根をとらえた。

血が驟雨《しゅうう》のように飛び散った。首の血管《ちくだ》を斬ったのである。大内は血を撒《ま》きながらよろめいた。

松之助は刀を手にしたまま、ひき攣《つ》ったような顔をしてつっ立っていた。刀身がワナワナと震え、荒い息の音が聞こえた。

その松之助の顔や体に大内の首から飛び散った血がかかり、赤い花弁《はなびら》でも散らすように真っ赤に染めていく。

大内は血塗《ちまみ》れになりながら立っていたが、ふいに体が大きく揺れ、腰からくずれるように転倒した。

地面に俯《うつぶ》せに倒れた大内は、四肢を痙攣《けいれん》させていたが、すぐに動かなくなった。呻《うめ》き声も息の音も聞こえなかった。絶命したようである。

山本は松之助に歩を寄せると、

「松之助、父の敵を討ったな」

と、松之助の肩に手をおいて言った。

穏やかな声だった。双眸の怒りの炎が消えている。長屋で、子供たちにむけられているときの優しげな目差《まなざし》である。

山本の肩から胸にかけて着物が裂け、肌に血の色があったが、かすり傷だった。

「は、はい……」

山本を見上げた松之助からも、ひき攣ったようなきつい表情が消え、子供らしい顔にもどっていた。

立っているふたりのそばに、菅井や島倉たちが近付いてきた。どの顔にも、安《あん》堵《ど》の色がある。

源九郎は、島倉が昭島と対峙していた方に目をやった。路傍に俯せに倒れている人影が見えた。昭島らしい。島倉たちが、昭島を仕留めたようだ。

……これで、始末がついたな。

源九郎が胸の内でつぶやいた。

四

「華町、おまえの番だぞ」

菅井が渋い顔をして言った。

「おお、そうだったな」

源九郎は、指先でつまんだ歩を菅井の金の前に打った。

ふたりは、源九郎の家でいつものように将棋を指していた。今朝は小雨だったこともあり、菅井が将棋盤と握りめしの入った飯櫃《めしびつ》をかかえて源九郎の家にやってきたのだ。

さっそく、ふたりは握りめしを頬張りながら将棋を指し始めたのだが、あまり気が乗らなかった。

すでに、雨はやんで薄日が射しているようだったが、ふたりは外に出る気もなく、だらだらと将棋をつづけていた。

「なんだ、この手は――。ただで、歩をくれるのか」

菅井は、おもしろくなさそうな顔をして金で歩をとった。

「歩ぐらい、くれてやる。……それにしても、山本どのたちは、なかなか帰ってこんな」

源九郎が、腕組みしたまま言った。

山本と松之助が大内を斬り、敵を討ってから一月ほど過ぎていた。敵討ちを終えてから、半月ほどの間、山本たちははぐれ長屋にもどり、以前と同じように手跡指南所をひらいて子供たちに読み書きを教えていたが、ここ半月ほど長屋を留守にしていた。垣崎藩の上屋敷に泊まり、捕らえた田之倉や杉永などの吟味にくわわったり、大目付の平井や江戸家老の内藤と会ったりしているようだった。

「子供たちも、首を長くして待っているようだな」

源九郎が言った。

「おれも、待っているのだ。……なんとか、山本どのにも勝てるように将棋の腕を上げたいからな」

山本は将棋の名手だった。菅井は、胸の内で山本を将棋の師匠と思っているようなのだ。

「華町、王手角取りだ！」

菅井が源九郎の王の前に金を打った。形勢は、大きく菅井にかたむいていた。

源九郎は詰みそうである。

「うむ……。勝負あったかな」

源九郎が、そうつぶやいたときだった。

腰高障子の向こうで、パタパタと子供たちの草履《ぞうり》の音がし、「お師匠だ！」「若師匠もいっしょだぞ」などという声が聞こえた。若師匠は、松之助のことである。どうやら、山本と松之助が長屋にもどってきたらしい。

子供たちの人数が増えたようで、賑やかになってきた。子供の声や足音が、しだいに大きくなってきた。山本と松之助を取り巻きながら、こちらに歩いてくるようだ。

子供たちの足音が腰高障子の前まで来てとまると、

「華町どのと、話があるのでな。……後で、手習所へ来なさい」

と、山本の声が聞こえた。

戸口で子供たちのざわめきが聞こえ、腰高障子があいた。顔を見せたのは山本と松之助、それに島倉である。

「将棋ですか。……入ってもいいですか」

山本が訊いた。

「入ってくれ、入ってくれ」

めずらしく、菅井が笑みを浮かべて言った。

源九郎は菅井が戸口に目をむけた隙に、「おれの負けだ」と小声で言って、盤の上の駒をかき混ぜてしまった。将棋をやる気が失《う》せてしまったのである。

山本たち三人が土間に入ると、腰高障子の前に集まっていた子供たちは、それぞれの家に帰るらしく、遠ざかっていく草履の音が聞こえた。

菅井は将棋盤に目をやり、駒が集められているのを見て渋い顔をしたが、「華町は詰んでいたからな」と言って、盤の上の駒を木箱に入れだした。

山本たち三人は、華町と菅井の脇に来て膝を折ると、

「おふたりのお蔭で、家中の騒動の始末もつきそうなのだ。……平井さまからも、おふたりによく礼を言っておいてくれ、と託《ことづ》かってきた」

島倉がほっとした表情を浮かべて言った。

「それはなによりだが、それで、森元はどうなったかな」

源九郎は、御留守居役の森元のことが気になっていたのだ。此度《こたび》の騒動の黒幕は、森元とみていた。その森元が御留守居役のままでは、また同じような騒動が起こるのではあるまいか。

「お蔭で、森元と国許の戸川の悪事が、はっきりしてきたのだ」

島倉によると、田之倉と杉永の再訊問《じんもん》、さらに森元の配下の菊川、その他の御使番の取り調べなどにより、森元の悪業がはっきりしてきたという。

やはり、森元は国許の戸川と結託していたようだ。森元は江戸家老の座を狙っていたという。

一方、戸川の狙いは、次席家老の座だった。次席家老の村瀬彦左衛門《むらせひこざえもん》が老齢だったため、その後釜を狙ったらしい。

戸川は江戸にいたおりに勘定吟味役を勤めたことがあり、そのころから森元とのつながりができたという。

「華町どのが、大内たちから耳にしたとおり、森元は江戸家老になるため、ちかいうちに内藤さまを暗殺するつもりだったらしい。そのために、大内たちを匿《かくま》っていたようだ」

島倉が強い口調で言った。

「うむ……」

源九郎も、森元が江戸家老の内藤と大目付の平井の暗殺を目論《もくろ》んでいたことは、大内たちの話を耳にして分かっていた。それが、田之倉や菊川たちの吟味で、はっきりしたということらしい。

「ところで、国許の戸川だが、鳴瀬川の治水普請のおりの不正はどうなったのだ。……何か知れたのか」

源九郎が訊いた。

「そのことですが、田之倉の自白により、だいぶ様子が知れてきました」

田之倉は普請方だったため、鳴瀬川の治水普請には直接かかわっていたという。田之倉が白状したことによると、普請奉行の戸川は、諸帳簿や請け書などを改竄《かいざん》し、実際より普請にかかわった人足の人数を増やしたり、多くの資材を使ったことにしたりして、多額の費用を水増ししたそうだ。

勘定方の山本佐之助はその帳簿類などを吟味していたが、改竄に気付き、人足や普請方の者に直接あたって調べ始めた。

それを知った戸川は、若いころ富樫道場で同門だった大内を栄進を餌に抱き込み、佐之助を暗殺させたという。

「そういうことか」

　源九郎が口をつぐむと、黙って聞いていた菅井が、

「戸川だがな、その不正で手にした金を何に使ったのだ」

　と、島倉に訊いた。

「おのれの出世のためだ。戸川は、国許の城代家老、側用人などの重臣に多額の賄賂《まいない》を贈ったらしい」

「あくどいやつだな」

　菅井が顔をしかめて言った。

「それで、森元や戸川だが、どうなるのだ」

　源九郎が訊いた。

「すでに、昨日、江戸の御家老と平井さまが、吟味で明らかになったことを認めた上申書、それに、事件にかかわった者たちの口上書《こうじょうがき》を殿とご城代へ送られたのだ。……ちかいうちに、殿からの沙汰があるだろう」

　島倉によると、戸川と森元には切腹の沙汰があるのではないかという。いま、森元は藩邸内で謹慎しているそうである。

「これで、騒動の始末はついたわけだな」

源九郎はそう言ってから、あらためて山本と松之助に目をやり、

「これから、おふたりはどうされるのだ」

と、訊いた。そのことが、前から気になっていたのだ。菅井も同じ気持ちらしく、山本と松之助を見つめている。

「実は、国許のご城代から、いったん帰参するよう沙汰があったのだ。それで、近いうちに松之助とふたりで、国許に帰るつもりでいる」

そう言って、山本が寂しげな顔をした。

松之助は口をとじたまま視線を膝先に落としている。

「みごと敵を討ち、晴れて帰参するのではないか。……これで、念願がかなうのではないのか」

松之助が山本家の跡を継ぎ、山本は相応の役柄に出仕することができるのではあるまいか。

「そのことは嬉しいのだが、心残りもある」

山本が困惑したような表情を浮かべた。

「心残りとは？」

「長屋の子供たちです。このまま手跡指南所をつづけ、子供たちといっしょに暮

らしたいという気持ちもありまして……」

山本が松之助と顔を見合わせて言った。

松之助は黙ったまま、戸惑うような顔をした。松之助にも、山本の気持ちが分かるのだろう。

「いや、それは、できぬぞ」

源九郎が、静かだが重いひびきのある声で言った。

「山本どのは松之助とともに、山本家を守らねばならぬはず。そのために、国許を出て敵を討ったのではないのか」

「承知している。それがしの身勝手な心の迷いです。ちかいうちに、松之助とふたりで帰参する覚悟でいます。……それで、今日は子供たちとも、別れに来たのです」

山本がきっぱりした口調で言った。

「……………」

源九郎は黙したままうなずいた。

菅井は将棋の入った木箱を手にしたまま、残念そうな顔をして山本に目をむけている。

それから、山本たち三人は小半刻（三十分）ほど話してから、腰を上げた。島倉はこのまま藩邸にもどり、山本と松之助は手跡指南所で子供たちと会ってから帰るという。

山本と松之助は土間に立ち、

「敵を討つことができたのも、みな華町どのと菅井どののお蔭でござる。……まことに、かたじけのうござった」

山本がいつもと違って武家らしい言葉遣いで礼を言い、ふたりして深く頭を下げた。

源九郎と菅井は戸口まで出て、山本と松之助を見送った後、また座敷にもどった。

「華町、残念だな」

菅井が将棋盤を前にして膝を折った。

「まったくだ。長屋の子供たちも、なついていたからな」

「おれはな。山本どのとふたりで、長屋に将棋指南所をひらいてもいいと思っていたのだが、それができなくなった」

菅井が、肩を落として言った。

「なに、将棋指南所だと」

思わず、源九郎が聞き返した。

「そうだ。山本どのほどの腕があれば、将棋も指南できる。……おれとふたりで、近所の将棋好きを集めて指南するつもりだった」

「……！」

この男、何を考えているのだ、と思い、源九郎はあらためて菅井の顔を見た。

「華町、そうすれば、毎日、将棋が指せるではないか。……そうだ！　こうなったら、華町、ふたりで将棋の指南所をひらくか」

菅井が、身を乗り出すようにして言った。

「そ、そんなことが……」

できるか、と言おうとして、源九郎は声がつまった。呆《あき》れて、次の言葉が出なかったのである。

双葉文庫

と-12-38

はぐれ長屋《ながや》の用心棒《ようじんぼう》

烈火《れっか》の剣《けん》

2013年12月15日　第1刷発行
2019年7月9日　第2刷発行

【著者】
鳥羽亮《とばりょう》

【発行者】
箕浦克史
【発行所】
株式会社双葉社
〒162-8540 東京都新宿区東五軒町3番28号
［電話］03-5261-4818（営業）　03-5261-4833（編集）
www.futabasha.co.jp
（双葉社の書籍・コミックが買えます）
【印刷所】
株式会社新藤慶昌堂
【製本所】
株式会社若林製本工場

【表紙・扉絵】南伸坊
【フォーマット・デザイン】日下潤一
【フォーマットデジタル印字】飯塚隆士



ISBN978-4-575-66643-4 C0193
Printed in Japan

鳥羽亮

はぐれ長屋の用心棒
湯宿《ゆやど》の賊

長編時代小説
〈書き下ろし〉

盗賊にさらわれた娘を救って欲しいと船宿の主が華町源九郎を訪ねてきた。箱根に向かった源九郎一行を襲う謎の刺客。好評シリーズ第八弾。

鳥羽亮

はぐれ長屋の用心棒
父子凧《おやこだこ》

長編時代小説
〈書き下ろし〉

俊之介に栄進話が持ち上がり、喜びに包まれる華町家。そんな矢先、俊之介と上司の御納戸役が何者かに襲われる。好評シリーズ第九弾。

鳥羽亮

はぐれ長屋の用心棒
孫六の宝

長編時代小説
〈書き下ろし〉

長い間子供の出来なかった娘のおみよが妊娠した。驚喜する孫六だが、おみよの亭主・又八が辻斬りに襲われる。好評シリーズ第十弾。

鳥羽亮

はぐれ長屋の用心棒
雛《ひな》の仇討ち

長編時代小説
〈書き下ろし〉

両国広小路で菅井紋太夫に挑戦してきた子連れの武士。藩を二分する権力争いに巻き込まれて江戸へ出てきたらしい。好評シリーズ第十一弾。

鳥羽亮

はぐれ長屋の用心棒
瓜ふたつ

長編時代小説
〈書き下ろし〉

奉公先の旗本の世継ぎ問題に巻き込まれ、浪人に身をやつした向田武左衛門がはぐれ長屋に越してきた。そんな折、大川端に御家人の死体が。

鳥羽亮

はぐれ長屋の用心棒
長屋あやうし

長編時代小説
〈書き下ろし〉

はぐれ長屋に遊び人ふうの男二人と無頼牢人二人が越してきた。揉めごとを起こしてばかりいたその男たちは、住人たちを脅かし始めた。

鳥羽亮

はぐれ長屋の用心棒
おとら婆《ばあ》

長編時代小説
〈書き下ろし〉

六年前、江戸の町を騒がせた凶悪な夜盗・赤熊一味。その残党がまた江戸に舞い戻り、押し込み強盗を働きはじめた。好評シリーズ第十四弾。

鳥羽亮
はぐれ長屋の用心棒
おっかあ
長編時代小説
〈書き下ろし〉
伊達気取りの若い衆の仲間に、はぐれ長屋の仙吉が入ってしまった。この若衆が大店に強請りをするようになる。どうやら黒幕がいるらしい。

鳥羽亮
はぐれ長屋の用心棒
八万石の風来坊
長編時代小説
〈書き下ろし〉
青山京四郎と名乗る若い武士がはぐれ長屋に越してきた。長屋の娘たちは京四郎に夢中になるが、ある日、彼を狙う刺客が現れ……。

鳥羽亮
はぐれ長屋の用心棒
風来坊の花嫁
長編時代小説
〈書き下ろし〉
思いがけず、田上藩八万石の剣術指南に迎えられた華町源九郎と菅井紋太夫に、迅剛流霞剣の魔の手が迫る！　好評シリーズ第十七弾。

鳥羽亮
はぐれ長屋の用心棒
はやり風邪
長編時代小説
〈書き下ろし〉
流行風邪が江戸の町を襲い、おののくはぐれ長屋の住人たち。そんな折、大工の棟梁の息子が殺され、源九郎に下手人捜しの依頼が舞い込む。

鳥羽亮
はぐれ長屋の用心棒
秘剣霞颪《かすみおろし》
長編時代小説
〈書き下ろし〉
大川端で三人の刺客に襲われていた御目付を助けた華町源九郎と菅井紋太夫は、刺客を探し出し、討ち取って欲しいと依頼される。

鳥羽亮
はぐれ長屋の用心棒
きまぐれ藤四郎
長編時代小説
〈書き下ろし〉
長屋の住人の吾作が強盗に殺された。残された娘のおしのは、華町源九郎や新しく用心棒仲間に加わった島田藤四郎に、敵討ちを依頼する。

鳥羽亮
はぐれ長屋の用心棒
おしかけた姫君
長編時代小説
〈書き下ろし〉
家督騒動で身の危険を感じた旗本の娘が、島田藤四郎の元へ身を寄せてきた。華町源九郎は騒動の主犯を突き止めて欲しいと依頼される。

鳥羽亮

はぐれ長屋の用心棒

**疾風《はやて》の河岸《かし》**

長編時代小説〈書き下ろし〉

鬼面党と呼ばれる全身黒ずくめの五人組が、大店に押し入り大金を奪い、家の者を斬殺した。華町源九郎らは材木商から用心棒に雇われる。

鳥羽亮

はぐれ長屋の用心棒

**剣術長屋**

長編時代小説〈書き下ろし〉

はぐれ長屋に住んでいた島田藤四郎が剣術道場を開いたが、門弟が次々と襲われる。敵の狙いは何か？　源九郎らが真相究明に立ちあがる。

鳥羽亮

はぐれ長屋の用心棒

**怒り一閃**

長編時代小説〈書き下ろし〉

陸奥松浦藩の剣術指南をすることとなった、華町源九郎と菅井紋太夫を襲う謎の牢人たち。ついに紋太夫を師と仰ぐ若い藩士まで殺される。

鳥羽亮

はぐれ長屋の用心棒

**すっとび平太**

長編時代小説〈書き下ろし〉

華町源九郎たち行きつけの飲み屋で客二人と賄いのお峰が惨殺された。下手人探索が進むにつれ、闇の世界を牛耳る大悪党が浮上する！

鳥羽亮

はぐれ長屋の用心棒

**老骨秘剣**

長編時代小説〈書き下ろし〉

老武士と娘を助けたのを機に、出奔した者を上意討ちする助太刀を頼まれた華町源九郎と菅井紋太夫。東燕流の秘剣〝鍔鳴り〟が悪を斬る！

鳥羽亮

はぐれ長屋の用心棒

**うつけ奇剣**

長編時代小説〈書き下ろし〉

何者かに襲われている神谷道場の者たちを助けた華町源九郎と菅井紋太夫。道場主の妻に亡妻の面影を見た紋太夫は、力になろうとする。

鳥羽亮

はぐれ長屋の用心棒

**銀簪《ぎんかんざし》の絆**

長編時代小説〈書き下ろし〉

大店狙いの強盗「聖天一味」の魔の手を恐れた長屋の家主「三崎屋」が華町源九郎たちに店の警備を頼んできた。三崎屋を凶賊から守れるか。

鳥羽亮
**はぐれ長屋の用心棒**
**烈火の剣**
長編時代小説〈書き下ろし〉
はぐれ長屋に引っ越してきた訳ありの父子。三人の武士に襲われた彼らを助けた華町源九郎たちは、思わぬ騒動に巻き込まれてしまう。

鳥羽亮
**子連れ侍平十郎**
**上意討ち始末**
長編時代小説
陸奥にある萩野藩を二分する政争に巻き込まれた、下級武士・長岡平十郎の悲哀と反骨をリリカルに描いた、シリーズ第一弾！

鳥羽亮
**子連れ侍平十郎**
**江戸の風花**
長編時代小説
上意を帯びた討っ手を差し向けられた長岡平十郎。下級武士の意地を通すため脱藩し、江戸に向かった父娘だが。シリーズ第二弾！

鳥羽亮
**子連れ侍平十郎**
**おれも武士《おとこ》**
長編時代小説
平十郎に三度の討っ手が迫る中、道場の門弟が次々と凶刃に倒れる事件が起きる。父と娘に安寧は訪れるのか!? 好評シリーズ第三弾。

鳥羽亮
**剣狼秋山要助**
**秘剣風哭《ふうこく》**
連作時代小説〈文庫オリジナル〉
上州、武州の剣客や博徒から鬼秋山、喧嘩秋山と恐れられた男の、孤剣に賭けた凄絶な人生を描く、これぞ「鳥羽時代小説」の原点。

鳥羽亮
**十三人の戦鬼**
長編時代小説
暴政に喘ぐ石館藩を救うため、凄腕の戦鬼たちが集結した。ここに〝烈士〟たちの闘いがはじまる！ 傑作長編時代小説。

鳥羽亮
**天保妖盗伝**
**怪談岩淵屋敷**
長編時代小説
両国広小路に「お岩屋敷」と演目を幟に掲げた「百鬼座」の姿があった。この一座、盗賊集団の世をはばかる仮の姿なのだが……。